墙

LE MUR

[法]让-保尔·萨特 著

王庭荣 译

人民文学出版社
PEOPLE'S LITERATURE PUBLISHING HOUSE

著作权合同登记号　图字 01-2022-5066

Jean-Paul Sartre
LE MUR © Éditions Gallimard, Paris, 1939
Simplified Chinese translation copyright © People's Literature Publishing House 2023

图书在版编目（CIP）数据

墙／（法）让-保尔·萨特著；王庭荣译. —北京：人民文学出版社，2023
ISBN 978-7-02-018231-2

Ⅰ.①墙… Ⅱ.①让…②王… Ⅲ.①中篇小说—小说集—法国—现代②短篇小说—小说集—法国—现代 Ⅳ.①I565.45

中国国家版本馆 CIP 数据核字（2023）第 174579 号

责任编辑　黄凌霞
装帧设计　黄云香
责任印制　张　娜

出版发行　人民文学出版社
社　　址　北京市朝内大街 166 号
邮政编码　100705

印　　刷　河北新华第一印刷有限责任公司
经　　销　全国新华书店等

字　　数　145 千字
开　　本　787 毫米×1092 毫米　1/32
印　　张　9.625　插页 3
印　　数　1—4000
版　　次　2023 年 10 月北京第 1 版
印　　次　2023 年 10 月第 1 次印刷

书　　号　978-7-02-018231-2
定　　价　62.00 元

如有印装质量问题，请与本社图书销售中心调换。电话:010-65233595

目　次

献给奥尔加·柯萨凯维契 *

墙

我们被赶进一个白色的大厅。强烈的光线使我的双眼不由得眯了起来。我看到一张桌子，桌子后面有四个穿便服的家伙，他们正在看一些材料。其他俘虏都已被赶到了大厅的尽头，挤在一堆，我们必须穿过整个大厅才能与他们会合。他们中有好几个人我是认识的，另一些可能是外国人。我前面的这两个人都是黄头发，圆脑袋。他们俩长得很像，我想大概是法国人。最小的那个不时地提裤子，看来有点神经质。

　　就这样延续了将近三个小时。我的脑袋变得昏昏沉沉，空空荡荡。但是大厅里很暖和，我觉得怪舒服的。因为在这之前我们冻得发抖已经一天一夜了。狱卒把俘虏一个一个带到桌子前。那四个家伙讯问他们的姓名和职业。大多数情况就到此为止。要不然，他们就再随便提个问题。例如："你参与过破坏军火吗?"或者"九号早上你在哪里,在干什么?"他们并不听回答,至少他们的样子不像在听。他们先是沉默不语,两眼直视前方,接着就开始写起来。他们问汤姆是否确实参加了国际纵队。由于已经在他的衣服里搜到了有关证件,汤姆只得承认。他们什么也没问儒昂。但是当他说出自己的姓名后,他们写了很多。

"我的哥哥何塞是无政府主义者,"儒昂说,"你们知道他已经不在这里。我是无党派的,我从来没有参与过政治活动。"

他们没有反应。儒昂接着说:

"我什么也没干。我不愿意替别人受罪。"

他的嘴唇在抖动。一名狱卒打断了他,并把他带走。接着轮到了我。

"你叫帕勃洛·伊比埃塔?"

我做出了肯定的回答。

一个家伙看了看材料问我:

"拉蒙·格里斯在哪儿?"

"我不知道。"

"从六号到十九号你把他藏在你家里了。"

"没有。"

他们写了一阵儿，狱卒就把我带走了。走廊里，汤姆和儒昂站在两名狱卒之间等着我。于是我们开始往回走。汤姆问一名狱卒：

"喂！"

"干吗？"狱卒问。

"刚才是讯问还是审判？"

"是审判。"狱卒说。

"那他们要拿我们怎么样？"

狱卒生硬地答道：

"会到你们的牢房把审判结果告诉你们的。"

实际上，我们的牢房不过是医院的一间地窖。由于穿堂风，牢房里冷得要命。整整一夜我们冻得发抖，白天也好不了多少。前五天我是在总主教府的一个单人囚室里度过的。那是一间大约建于中世纪的地牢。由于俘虏很多，牢房不够用，因此他们被随便乱塞。我对那间单人囚室并不留恋。那里倒不冷，但只有我一人；时间长了受不了。在地窖里我就有伴了。儒昂很少说话，因为他害怕，并且年纪太轻，插不上嘴。但是汤姆十分健谈，他的西班牙文很好。

地窖里有一条长凳和四个草垫。我们被带回牢房后，大家坐了下来，静等着。过了一会儿，汤姆说：

"我们完蛋了。"

"我也这么想，"我说道，"但我认为他们不会拿这小家伙怎么样的。"

"对小家伙他们没什么可以问罪的，"汤姆说，"他只不过是个抵抗战士的弟弟，仅此而已。"

我看了一眼儒昂，他似乎不像在听。汤姆接着说：

"你知道他们在萨拉戈萨①干了些什么？他们让俘虏躺在公路上，然后乘着卡车从俘虏身上压过去。这是一个摩洛哥逃兵告诉我们的。他们说，那是为了节省弹药。"

"但这并不省汽油。"我说。

我对汤姆很反感，他不应该说这些。

"几个军官在公路上散步，"他接着说，"他们双手插在口袋里，嘴里叼着香烟，监视着这一切。你以为他们会这样结果那些俘虏吗？才不呢！他们让那些人大喊大叫。有时持续一个小时。那个摩洛哥人说，第一次他差点吐出来。"

"我不相信他们在这里会这样干，"我说，"除非

---

① 萨拉戈萨，西班牙一省会。

他们真的缺少弹药。"

光线从四扇气窗以及左边天花板上的一个圆洞射了进来，圆洞平时用一块活动翻板盖着，以前往地窖里卸煤便是通过这里。圆洞的正下方，有一大堆煤，从前是为医院供暖用的。但自从战争爆发后，病人都转移了，这堆煤留在那里也就没用了。因为忘记关上翻板，下雨时雨水直往里灌。

汤姆开始打哆嗦：

"真见鬼，我在打哆嗦，"他说，"又开始了。"

他站起来，开始做体操。每做一个动作，从他张开的衬衫里都可以看到他那雪白、多毛的胸脯。他躺在地上，举起双腿做一些交叉动作。我看见他那肥胖的臀部在颤动。汤姆很壮实，但是他的脂肪太多了。我在想，枪弹或刺刀很快就要钻进这一大堆嫩肉里，就像钻进一大块黄油一样。假如他很瘦，我就不会有这样的感觉。

我并不是真的感到冷，但是我的肩膀和双臂都失去了知觉。我不时感到我缺了点什么。我开始在我的周围寻找上衣。可是，我突然想起他们没有把上衣还给我。这确是很难受的。他们拿我们的上衣去送给他们的士兵，只给我们留下了衬衫，还有住院病人在大夏天穿的帆布长裤。不一会儿，汤姆起来了。他喘着气坐在我身旁。

"你身上暖和了吗？"我问。

"没有，真见鬼。可是我喘不过气来。"

晚上将近八点，一名军官带着两个长枪党徒来到牢房。他手里拿着一张纸，问狱卒：

"这三个人叫什么名字？"

"斯坦卜克，伊比埃塔和米巴尔。"狱卒答道。

军官戴上夹鼻眼镜，看了看名单说：

"斯坦卜克……斯坦卜克……啊，在这儿。你被判处死刑。明天早上执行。"

他又看了看名单，接着说：

"另外两个人也一样。"

"这不可能，"儒昂说，"我不会被判死刑的。"

军官用惊奇的眼光打量了一下儒昂。

"你叫什么名字？"

"儒昂·米巴尔。"

"可是你的名字在这单子上，"军官说，"你被判了死刑。"

"我什么也没干。"儒昂说。

军官耸了耸肩，转身对汤姆和我说：

"你们是巴斯克人吗?"

"我们谁都不是巴斯克人。"

他仿佛被激怒了,接着说:

"有人告诉我这里有三个巴斯克人。我可不愿为追捕他们浪费时间。那么,你们当然不想要神甫啰?"

我们不屑回答,他又说:

"有一个比利时大夫一会儿要来。他被准许和你们一起度过这一夜。"

他行了个军礼,走出去。

"我跟你说什么来着,"汤姆对我说,"这一下我们可惨了。"

"是啊,"我说,"但对小家伙太狠了。"

我说的是句公道话。但是我并不喜欢小家伙。他那张脸太秀气了。并且,恐惧和痛苦使这张小脸变形,把它的线条都扭曲了。三天前他还是一个调皮的孩子,很能讨人喜欢。但现在他的样子像一只用旧了的苍蝇拍。我想,即使他们把他放了,他也不会再变得年轻了。如果能对他表示点怜悯倒不是件坏事。但是我不喜欢怜悯,我甚至有点讨厌这个孩子。他什么也不说,变得十分阴沉。他的脸和手都变成了灰色。

他又坐了下去，用他那两只小圆眼睛朝地上看。汤姆是个好心人。他想拉住儒昂的胳膊，但被他猛力挣脱。小家伙还做了个鬼脸。

"让他去，"我低声说，"你没看见他都快哭了。"

汤姆无可奈何地答应了。他本想好好安慰小家伙。这样可以使他分心，不至于想自己的事。但是，这叫我生气。以前我从未面临过死亡，因此也从未想到过死。而现在，死亡来临了，除了它我还有什么可想的。

汤姆开了腔：

"你打死过鬼子吧？"他问我。

我没有作声。他开始向我解释说，自八月初以来他已经打死了六个鬼子。他并不明白我们目前的处境，并且我发现他也不想明白。我自己也还没有完全明白。我不知道是否将很痛苦。我想到了枪弹，想到了滚烫的弹雨穿透我身体的情景。这一切并不是实质性的问题。我很坦然，因为我们还有整整一夜可以用来思考。过了一会儿，汤姆不说话了。我瞥了他一眼，发现他的脸色也阴沉下来了，样子很可怜。我想，他也开始了。天几乎全黑了。一束惨淡的星光透过气窗和煤堆射了进来，在地上洒下了一大片光亮。

从天花板上的圆洞里，我已经望见了一颗星星。它预示着这将是清澈寒冷的一夜。

门开了，两名狱卒走了进来。他们的后面跟着一个头发金黄，身穿一套浅灰褐色制服的人。他跟我们打招呼：

"我是医生，"他说，"我被准许在这艰难的时刻来帮助你们。"

他的嗓音悦耳、优雅。我对他说：

"你来这里干什么？"

"为你们效劳。我将竭尽全力为你们减轻这几个小时的痛苦。"

"你为什么到我们这里来？还有别的囚犯呢，医院里都住满了。"

"人家把我派到这里来的，"他漫不经心地笑道，"噢，你们喜欢抽烟吧，嗯？"他急忙补充道，"我这里有烟卷，甚至还有雪茄呢！"

他把英国香烟和小雪茄递给我们。但我们拒绝了。我看了看他的眼光，他似乎有点为难。我对他说：

"你并不是出于同情才来这里的。再说，我也认识你。他们把我抓来的那一天，我在兵营的大院里看见你和法西斯分子在一起。"

我正要说下去，但突然发生了我自己也感到惊奇的事。骤然间，我对这个医生的到来再也不感兴趣了。通常，当我攻击一个人时，我总是抓住不放的。然而，现在我再也不想说话了。我耸了耸肩，移开了眼光。过了一会儿，我抬起头来。我发现他在好奇地观察我。两名狱卒坐在草垫上，瘦高个佩德罗在那里转动手指头，另一个则不时摇晃脑袋不让自己睡着。

"你要灯吗？"佩德罗突然问医生。

医生点头示意。我想他差不多笨得像块木头，但是人倒不坏。从他那冷静的蓝色大眼睛看来，我觉得他是因为缺乏想象力才犯过错的。佩德罗出去，拿了一盏煤油灯回来放在长凳的一端。灯光很微弱，但总比没有好。前一天晚上我们是在黑暗中度过的。我对煤油灯照在天花板上的那片圆光凝视了一阵。我入了迷。然后，我突然惊醒。那片灯光已消失，我感到被一种巨大的力量压垮了。并不是想到死，也不是惧怕，它是不可名状的。我的两颊发烫，头痛得厉害。

我打起精神来，看了看我的两名同伴。汤姆把脑袋埋在双手里，我只能看到他那白皙肥胖的颈背。小儒昂的情况最糟。他的嘴巴张开，鼻孔在抽动。医生走近他，把手搭在他的肩膀上，像是给他鼓气。但是他的两眼始终是冷峻的。接着，我看到比利时人的手从儒昂的肩膀沿着胳膊偷偷地挪到了他的手腕上。儒昂任其摆布，毫无反应。比利时人若无其事地用三个手指按着儒昂的手腕，同时又往后一退把背朝着我。但是，我也往后一仰，看到他拿出表来，一边按着小家伙的手腕，一边看着表。过了一会儿，他放下了那只迟钝的手，回去背靠墙坐下。后来，他仿佛突然想起一些很重要的事必须立即记下来，于是他从口袋里掏出一个小本子，在上面写了好几行字。"坏蛋，"我生气地想，"他可别来把我的脉。他要是来的话，我就要在那张混账脸上狠狠地揍几拳。"

他没有来。但是我感到他在看着我。我抬起头，还了他一眼。他用毫无表情的语气对我说：

"你不觉得这里冷得让人发抖吗？"

他看上去很冷，脸色有点发紫。

"我不冷。"我对他说。

他一直在用严厉的眼光看着我。忽然我明白了。我把双手放到自己的脸颊上。原来它们沾满了汗水。在这寒冬腊月，到处是穿堂风的地窖里，我竟然出汗了！我用手指摸了摸头发。因为出汗，它们都黏结起来了。同时我还发现，我的衬衫也湿透了，并且粘到了皮肤上。我汗流浃背至少有一小时了，而自己却一点也没有感觉到。但是这一切都没有逃过那比利时蠢猪的眼光。他看到了汗珠在我脸上流淌，他一定会想：这完全是一种病理的恐惧状态的表现。而他的自我感觉很正常，并且为此感到自豪，因为他觉得冷。我想起来去狠揍他一顿。可是，刚要站起来，我的羞愧与怒气就立即消失了。我又心不在焉地坐到了长凳上。

我只是用手绢不停地擦着脖子。因为现在我感觉到汗水从头发流到了我的颈背，这是很不舒服的。然而无济于事。不久我也就不再擦了。手绢已经湿得可以拧出水来，而我还在继续出汗。我的屁股也大量出汗，湿透的裤子贴在了长凳上。

小儒昂突然发问：

"你是医生吗？"

"是的。"比利时人回答。

"要痛苦……很长时间吗？"

"噢！什么时间……？不，很快就会过去的。"比利时人慈父般地答道。

他像是在安慰一名就诊的病人。

"可是我……有人告诉我……常常要开两次枪呢。"

"有时候是这样的，"比利时人点头说，"因为第一次射击可能打不中要害部位。"

"那他们就得重新上子弹，再次瞄准啰?"

他想了想，用嘶哑的嗓子接着说:

"这又得好长时间!"

他对受苦简直怕极了，并且只想着这个。当然，在他这种年龄也是人之常情。我对这个倒想得不太多。而且，并非因为害怕我才出汗的。

我站起来，一直走到煤堆旁。汤姆惊跳起来，他向我投来了仇恨的目光。由于我的鞋声太响，惹恼了他。我不知道当时我的脸色是否也同他一样灰暗。我发现他也在出汗。天气好极了，然而一丝光亮都钻不进这个阴暗的角落。我只要抬头就能望见大熊星座。但是，和以前不同了。前天，从那总主教府的单人囚室里，我可以看到一大片天空。每一个小时都能引起我不同的回忆。清晨，当天空呈现柔和的青蓝色时，我想到大西洋边的海滩;中午，当我看到太阳时，我就想起塞维利亚的一家酒吧。我在那里曾一边喝着芒扎尼亚葡萄酒①，一边吃鳗鱼和橄榄；下午，在阴影里，我想起了古罗马的圆形剧场。它的一半在阳光照耀下闪闪发光，另一半却笼罩在浓重的阴影之中。看到大地上的一切都能在天空中得到反映，真令人心酸。然而，现在我可以随心所欲地仰面朝天看了。天空再也引不起我的任何回忆。我宁肯这样。我回来坐在汤姆身旁。又过了很长时间。

汤姆开始轻声说话了。他必须不停地说话。否则，他自己也不清楚自己在想什么。我想他是在跟我说话，可是他并没有朝我看。显然，他是怕看到我这个样子：灰暗，流汗。我们两个都一样难看，互相看起来比照镜子还可怕。他看着那个活人——比利时人。

"你明白吗？"他问，"我可不明白。"

我也开始小声说话，一边看着比利时人。

"怎么，什么事？"

"我们这儿将要发生一些我不明白的事。"

汤姆的身边有一股怪味。我觉得自己对气味比平时更敏感了。我冷笑着说：

① 芒扎尼亚葡萄酒是西班牙名酒。

"过一会儿你就会明白的。"

"这不一定，"他顽固地说，"我很想鼓起勇气，但至少我应该了解……你知道，他们将要把我们带到大院里去。然后，那些家伙将在我们面前排成一行。他们有多少人？"

"不知道。大概五个或八个。不会更多了。"

"那好。就算他们八个人。当有人对他们下令'瞄准'时，我就会看到八支步枪都向我们瞄准。我想我简直要钻进墙里去。我将使尽全身气力用背去顶墙，但是墙却岿然不动，真像在噩梦里一样。这一切我都能想象得到。啊！你要是知道我能想象到这一切就好了。"

"行了！"我对他说，"这些我也都能想象到。"

"这大概是痛得要命的。你知道，他们专门瞄准眼睛和嘴，使你变形。"他恶狠狠地补充道，"我已经感到伤口的疼痛了。我感到脑袋和脖子已经痛了一个小时了。并非真的痛，但更糟糕。因为这是明天早晨才能感觉得到的疼痛。以后呢？"

他的意思我很清楚，但是我不愿意流露出来。至于疼痛，我也感到全身仿佛刀伤累累似的。对此我很难忍受。但是同他一样，我也不很在乎。

"以后，"我生硬地对他说，"你就入土了。"

他开始一个人自言自语，两眼直盯比利时人。医生不像在听。我知道他是来干什么的。对于我们脑子里想的，他并不感兴趣。他到这里来是为了观察我们的身体，观察我们这些正在步步走向死亡的活人的身体。

"这真像一场噩梦，"汤姆说，"我要想一件事情，总觉得快想出来了，很快就要明白了。但是它却溜走了，于是我就忘了，这件事也就放下了。我想，以后将是一片虚无。然而我不明白这意味着什么。有时我几乎想出来了……可是又忘，我只得又重新开始思索痛苦、子弹和枪声。我跟你发誓，我是个唯物主义者。我不会变疯的。可是有些地方不对劲。我看见了自己的尸体：这并不困难，但这是我自己看到的，亲眼看到的。我不得不设想……设想自己将什么也看不到，什么也听不见，世界将为别人继续存在下去。帕勃洛，我们生来并不是为了想这些。你可以相信我，以前我曾经为了等待什么而彻夜不眠；但是，现在这种事可不同往常，它将从背后把我们送上西天，帕勃洛，而我们自己对此却毫无准备。"

"住嘴，"我对他说，"要不要我去叫个神甫来听你的忏悔?"

他没有回答。我早已发现他想当预言家,并且在用平直的语调和我说话时管我叫帕勃洛。我不太喜欢这样。但是,所有的爱尔兰人似乎都是这样的。我仿佛觉得他身上散发出尿味。说实在,我对汤姆并没有什么好感,我也不知为什么。即使因为我们要一起去死,我也应该对他多一点好感的。要是别人,情况就会不同了。例如拉蒙·格里斯。可是,在汤姆和儒昂中间,我感到孤独。不过,我倒喜欢这样。要是跟拉蒙在一起,我可能会变得比较软弱。但在这个时候,我的心很冷酷。我是故意心肠硬一点的。

他继续嘟嘟囔囔,像是挺有乐趣。为了不让自己胡思乱想,他必定要不断地说话。他像那些年老的前列腺病患者一样,身上尿味冲天。当然我是同意他的意见的。他说的这些话,我也说得出来。死亡自然是不合情理的。而且,自从我行将死亡之时起,这堆煤,那条长凳,还有佩德罗那张丑脸,所有这一切在我看来都不顺眼了。不过,我不喜欢和汤姆想一样的事情。我也很明白,在这一夜里,再过五分钟,我们就会同时继续想起来,同时出汗,同时颤抖。我从侧面看了他一眼,我仿佛第一次感到他的样子很奇怪。

他的脸上呈现出死亡的气色。我的自尊心被刺伤了。二十四小时以来，我一直生活在汤姆身边。我听他讲话，我也和他说话。并且我也知道我们之间没有任何共同点。可是，现在我们俩酷似一对孪生兄弟，仅仅是因为我们就要一起死去了。汤姆抓住我的手，但并没有朝我看：

"帕勃洛，我在想……我想我们是否真的在死去。"

我把手抽回来，对他说：

"下流坯，瞧瞧你脚底下吧！"

他的脚底下是一摊尿，并且尿还不断地透过裤子往下滴。

"这是什么？"他惊慌失措地问。

"你尿裤子了。"我说。

"不对，"他生气地说，"我没有尿，我什么也没有感觉到。"

比利时人走了过来，他假装关心地问：

"你感到不舒服吗？"

汤姆没有搭理。比利时人看了看地上那摊尿。

"我不知道这是什么，"汤姆粗暴地说，"我并不怕。我跟你们发誓，我不害怕。"

比利时人没有作声。汤姆站起来，走到角落里去撒尿。接着，他扣着裤裆的扣子往回走，重新坐下，再也不吭声了。比利时人在做记录。

我们都看着他，小儒昂也在朝他看。我们三人都在看他，因为他是个活人。他做出活人的动作，有着活人的忧虑；在这个地窖里他像活人一样冻得发抖；他有一具营养良好，听从自己指挥的躯体。我们这几个人却再也不大感觉得到自己的躯体了。总之，跟他的感觉是不一样的。我想摸摸自己的裤裆，但是我不敢。我看着比利时人。他蜷着腿，支配着自己的肌肉，并且他可以想明天的事。我们这三个已经失去人血的亡灵，在那里看着他，像吸血鬼一样吮吸着他的生命。

他终于走到小儒昂身旁。他是出于职业的目的想摸一下儒昂的颈背呢，还是为慈善心所驱使？如果是出于慈善心，那么这是漫长的黑夜中仅有的一次。他抚摸小儒昂的脑袋和脖子。小家伙两眼看着他，毫无反应。突然，他抓住医生的手，用异常的眼光看着他。他把比利时人的手放在他的两只手之间。他这两只手一点也不招人喜欢，就像两个灰色的钳子夹住一只红润肥胖的手。我已经料到即将发生的事，汤姆一定也看出来了。可是比利时人什么也不明白，他慈父般地微笑着。过了一会儿，小家伙把那只肥胖的红爪子往嘴里送，想咬它。比利时人立刻躲开，跌跌撞撞地退到墙边。他厌恶地看了我们一眼，大概猛然醒悟到我们跟他不是一样的人。我开始笑起来。一名狱卒惊醒了。另一名已经睡着的，也睁大了两只白眼珠。

我感到既疲乏又高度兴奋。我不愿再想黎明即将发生的事，不愿再想死亡了。这毫无意义。我脑中出现的只是一些单词或一片空虚。每当我希望想一些别的事时，我立刻看到枪管瞄准了我。我体验到自己被处决的滋味可能已经不下二十次，有一次我甚至认为自己确实死了，大概因为我睡着了一分钟。他们把我拖到墙根，我挣扎着。我请求他们原谅。我惊醒过来，看了看比利时人。我害怕在梦里曾喊叫过。但是，他在捋自己的小胡子，什么也没有发现。如果我愿意的话，我想我是可以睡着一会儿的。因为我已经四十八小时没有合眼，实在是精疲力竭了。可是，我不想白白丢失这两小时的生命。那样，他们就会在黎明来把我叫醒，我就懵懵懂懂地跟着他们，然后，连哼一声都没有来得及就上西天了。我不愿意这样，不愿意像畜生一样死去。我要死得明白。另外，我也害怕做噩梦。我站了起来，来回走四方步。为了换换脑子，我就开始想我过去的事情。许多往事都杂乱无章地回忆起来了。有好的，也有坏的——至少我过去是这样认为的。一个个面孔，一桩桩往事。我仿佛又见到了一个年轻斗牛士的面孔，瞻礼日他在巴伦西亚①被牛角撞伤了；我看到了我的一个叔叔的面孔，还看到了拉蒙·格里斯的面孔。我想起了一件件往事。例如：一九二六年我是怎样失业了三个月的，我又是怎样差一点饿死的。我想起在格拉纳达②，我在一条长凳上过了整整一夜。那时我有三天没有吃东西了。我发狂了，我不愿饿死。想起这些真有点好笑。追求幸福、女人和自由是多么艰难啊！为了什么呢？我曾想解放西班牙，我崇拜毕·伊·马加尔③，我曾参加无政府主义运动，并在一些公众集会上讲过话。我对待一切都极其认真，仿佛我是长生不老的。

这时候，我觉得我的整个一生都展现在我面前了。我想："这全都是该死的谎言。"既然我的一生

① 巴伦西亚，西班牙一城市。
② 格拉纳达，安的列斯群岛中的岛屿。
③ 毕·伊·马加尔（1824—1901），西班牙历史学家、政治家、哲学家。曾任西班牙第一共和国时期的总统。

已经告终了，那它也就毫无价值了。我纳闷我怎么会和那些姑娘一起去闲逛、胡闹的。早知道我会这样死去，我就不会去招惹她们了。我的一生就在我的眼前，它已经终止，关闭了，就像一只袋子。然而袋里装的东西却都是未完成的。有一阵，我试图对它做出评价。我想说：这是美好的一生。可是，我不能对它做出评价，因为这仅仅是一些模糊的轮廓。我的时间都用来为永生签发通行证了。我什么也没有弄懂。我没有什么可遗憾的。有些东西我本来会留恋的，如：芒扎尼亚酒，或者夏天我常在加的斯①附近一个小海湾里洗的海水浴。可是，死亡使它们完全失去了往日的魅力。

比利时人忽然想出了一个妙主意：

"朋友们，"他对我们说，"只要军事当局同意，我可以给你们的亲人捎个信或转送纪念品。"

汤姆㘝声㘝气地说：

"我什么人也没有。"

我没有搭理。汤姆等了一会儿，然后好奇地打量着我问：

---

① 加的斯，西班牙南部一海滨城市。

"你不给贡莎捎句话吗？"

"不。"

我讨厌这种虚情假意的合谋。但这是我自己的过错。我在前一天晚上谈到过贡莎，我本不应该说的。我和贡莎在一起已经一年了。前一天，为了能和她相会五分钟，我即使用斧子砍断自己的胳膊也在所不惜。正因为如此，我才谈起了她，我实在没有办法。而现在，我再也不想见到她，我也没有什么话要对她说了。我甚至不再想把她抱在怀里。因为我厌恶自己的身体，它已经变得灰暗了，并且还在不断出汗。再说，我也没有把握不讨厌她的身体。当贡莎得知我死亡的消息时，她一定会哭的，她将有好几个月再也没有任何生活乐趣。但即将死去的毕竟是我。我想起了她那美丽温存的眼睛。每当她看着我时，总有一种东西从她那里传到我身上。但我想这一切都已结束了。假如现在她看着我的话，她的目光将停留在她的双眼里，不会传到我这里来。我是孤独的。

汤姆也很孤独，但是和我不完全一样。他骑坐在长凳上，并且开始微笑着打量它，显出惊奇的样子。他伸出手，小心翼翼地抚摸木凳，然后又猛然把手抽回，全身颤动。假如我是汤姆，我才不会去摸凳子玩呢。这是爱尔兰人的又一出滑稽剧。可是我也觉得各种东西的样子很奇怪。它们比平时更加模糊，更加稀疏。我只要看一眼长凳、煤油灯和煤堆，就能感觉到我快要死了。当然，对于自己的死我还不能想象得很清楚，不过我到处都见得到它。通过周围的东西，以及它们像在垂死病人床头低声说话的人们一样稍稍地往后退，以便和他保持一段距离的样子，都可以看到我的死。刚才汤姆在长凳上摸到的正是自己的死。

　　此时此刻，假如他们来宣布饶我一命，我可以安心地回家了，我会无动于衷的。当你对于人的永生已经失去了幻想时，等待几个小时与等待几年就都无所谓了。我对任何东西都已无所牵挂，在某种意义上，我是平静的。然而，由于我的躯体，这种平静又是令人厌恶的。我用它的眼睛看，用它的耳朵听。但是这已经不是我了。它自己在出汗，在颤抖，而我却已经认不出它来了。我不得不摸摸它，看看它，以便知道它变成了什么样子，仿佛它是另一个人的身体。有时候，我还能感觉得到它。我仿佛感到滑动，往下冲，就像坐在一架正在向下俯冲的飞机里一样；我也感到心跳。但是这并不能让我踏实下来。来自我身上的一切都可鄙地令人怀疑。大部分时间它毫无反应，默不作声；我只能感到一种沉重、卑鄙的压力。我感到自己像是被一条巨大的寄生虫困住了。有一会儿，我摸了摸裤子，觉得它湿了。我不知道是汗湿的，还是尿湿的。不过，为谨慎起见，我还是到煤堆上去撒了尿。

比利时人拿出表来看了看，他说：

"三点半了。"

坏蛋！他一定是故意这样做的。汤姆蹦了起来。我们一点都没有察觉到时间竟这样流逝了。黑夜像巨大无形的阴影笼罩着我们，我甚至记不得夜是什么时候开始的。

小儒昂叫了起来。他绞动着自己的手，哀求道：

"我不愿意死，我不愿意死。"

他举起双手在地窖里来回奔跑，然后跌坐在一张草垫上哭泣起来。汤姆用失神的眼光看着他，甚至不再想安慰他了。实际上也毫无必要。虽然小家伙的吵闹声比我们大，但是他受到的打击却比我们轻。他就像一个以发烧与病痛作斗争以进行自卫的病人。当你连烧都不发的时候，情况就严重得多了。

他在哭。我看得很清楚，他在可怜自己；他并没有想到死。一刹那，只有一刹那，我也想哭，我想用眼泪来可怜自己。但是，结果恰恰相反。我瞥了小家伙一眼，看到他那瘦弱的双肩在抽动。我感到自己变得不近人情了。对人对己我都不能怜悯。我想，我应该死得清清白白。

汤姆站了起来，走到圆洞的底下，开始观察星空。我很固执，我要清清白白地死去，我想的只是这个。但是，在我的下方，自从医生告诉我们时间以后，我感觉到时间在流逝，它一滴一滴地在流淌。

我听到汤姆说话时，天还很黑呢。他问："你听见他们的脚步声了吗？"

"听见了。"

有几个家伙在大院里走动。

"他们来干什么？他们总不能在黑夜里开枪。"

过了一会儿，我们又什么也听不见了。我对汤姆说：

"天亮了。"

佩德罗打着哈欠站了起来，吹灭了煤油灯。他对同伴说：

"好冷啊。"

地窖变得灰蒙蒙的。我们听到了远处的枪声。

"开始了，"我对汤姆说，"他们大概在后院干这个。"

汤姆问医生要一支烟。但是我不要。我不想抽烟，也不愿喝烧酒。从这时起，他们就不断地开枪了。

"你明白吗？"汤姆问。

他还想补充点什么，可是他住嘴了。他看着门。门开了，一名中尉带着四个士兵走了进来。汤姆的烟掉到了地上。

"斯坦卜克？"

汤姆没有答应。佩德罗指了指他。

"儒昂·米巴尔？"

"是坐在草垫上的那个人。"

"起来。"中尉说。

儒昂没有动。两个士兵抓住他的腋窝，让他站住。但是他们一松手，他又倒在地上。

士兵犹豫了。

"感到难受的又不是第一个。"中尉说，"你们两人可以把他抬走嘛。到那里自然会有办法的。"

他转向汤姆说：

"走吧，过来。"

汤姆在两个士兵之间走了出去。另外两名士兵跟在后面。他们抬着小家伙的腋窝和小腿肚。小家伙没有晕过去；他瞪大了眼睛，眼泪顺着两颊往下淌。当我也想出去的时候，中尉制止了我：

"你是伊比埃塔吗？"

"是的。"

"你先在这里等着。过一会儿再来找你。"

他们出去了。比利时人和两名狱卒也走了，只剩下我一人。我不明白刚才发生的事，但是我宁愿马上了结算了。我听到了时间相隔几乎一样的阵阵排枪声。每听到一阵枪声，我都禁不住发抖。我想喊叫，想揪自己的头发。但是，我咬紧牙关，双手插在口袋里，因为我要保持清白。

一个小时以后他们来找我，把我带到二楼的一个小房间。那里一股雪茄味，并且热得让我透不过气来。有两名军官坐在沙发上抽烟，他们的膝盖上放着几份材料。

"你叫伊比埃塔吗？"

"是的。"

"拉蒙·格里斯在哪儿？"

"不知道。"

讯问我的那个人是个矮胖个儿。在他的夹鼻眼镜后面是一双冷酷的眼睛。他对我说：

"你过来。"

我走了过去。他站起来，抓住我的两条胳膊，用一种简直要一口把我吞掉的神气看着我。同时，他还使尽全力绷住我的二头肌。这倒不是为了弄痛我，而是他耍弄的把戏。他想要制服我。他还认为有必要往我脸上喷吐他那污秽的浊气。有好一阵，我们两人保持着这种状态。可是我只想发笑。要想吓唬一个即将去死的人，必须使用更多的手段。现在的这一套不管用。他猛力推开了我，又坐了下来。他说：

"拿他的命来换你的命。你要是说出他在哪里，我们就饶你一命。"

这两个用马鞭和皮靴装扮起来的家伙，毕竟也是就要死去的人。比我稍晚点，但不会很久。而他们却专管在那些纸堆里寻找一些名字，然后把另一些人抓进监狱。或者消灭他们。他们对西班牙的前途和别的问题都有自己的见解。他们那些微不足道的活动在我看来都很令人反感，而且非常可笑。我再也没法设身处地替他们想象了，我觉得他们都是疯子。

那个小胖子一直盯着我，用马鞭抽打着他的靴子。他的一切动作都是精心设计好的，样子活像一头凶猛活跃的野兽。

"怎么样，明白了吗？"

"我不知道格里斯在哪儿，"我回答，"我原来以为他在马德里。"

另一名军官懒洋洋地举起了他那只苍白的手。这种懒怠的姿态也是故意的。我看透了他们耍弄的全部小把戏，并对世上竟有人以此为乐感到惊愕。

"你还有一刻钟可以考虑，"他慢条斯理地说，"把他带到内衣房去，过一刻钟再把他带回来。如果他顽固地拒绝交代，那就立即枪毙。"

他们对自己做的一切很清楚。我先是等了整整一夜。后来，在他们枪决汤姆和儒昂时，又让我在地窖里等了一个钟头。现在，他们又把我关到内衣房里。这些阴谋诡计他们大概是昨天就策划好的。他们以为，时间长了人的神经会支持不住。他们企图这样来征服我。

他们失算了。在内衣房里，我感到自己虚弱无力，于是坐在一条板凳上，并开始思考起来。但不是按照他们的吩咐思考。当然，我是知道格里斯在哪里的。他藏在离城四公里的表兄弟家里。我也知道，除非他们对我用刑（但是看来他们还没想这样做），否则我绝不会透露格里斯的藏身之地。这一点是明确无误、肯定无疑的。对此我再也不去多想了。只是我很想弄懂之所以这样做的原因。我宁愿去死也不会出卖格里斯。为什么呢？我已经不再喜欢拉蒙·格里斯了。我对他的友谊和我对贡莎的爱情以及对生存的企求，在黎明前片刻都已经同时消亡了。当然，我始终是尊重他的，他是一条硬汉子。但并非因为这个原因我才同意替他去死。他的生命并不比我的生命价值更高。任何生命在这种时候都是没有价值的。他们让一个人紧贴墙站着，然后开枪射击，直至把他打死为止。无论是我，是格里斯，还是另外一个人，都没有什么区别。我很明白，他对于西班牙的事业比我有用。但是，无论西班牙，还是无政府主义，我都嗤之以鼻。因为一切都是无关紧要的了。然而，我在这里，我可以出卖格里斯来换取自己一条命。可我拒绝这样做。我觉得这样有点可笑，因为这是顽固。我想：

"难道就应该顽固？……"

这时，一种莫名其妙的高兴劲油然而生。

他们来找我，把我带回两名军官那里。一只耗子从我们脚下穿过，逗得我开心。我转身问一个长枪党徒：

"你看见耗子了吗？"

他没有回答。他脸色阴沉，装出一副严肃的样子。我很想笑，但是克制住了。因为我怕一旦笑开了头就止不住了。那个长枪党徒有一撇小胡子。我又对他说：

"把你的小胡子剃掉吧，傻瓜。"

我觉得，他活着就让这些须毛侵占他的面庞，真是不可思议。他随便地踢了我一脚，我就不作声了。

"那么，"胖军官问，"你考虑了吗？"

我好奇地看了他们一眼，仿佛在欣赏几只稀有的昆虫。我对他们说：

"我知道他在哪里。他藏在公墓里，在一个墓穴或掘墓人的小屋里。"

我这是想捉弄他们一下。我想看着他们站起来。束紧皮带，然后急忙下达命令。

他们跳了起来。

"走。莫勒，去跟洛佩兹中尉要十五个人。你呢，"矮胖子对我说，"假如你说的是实话，那我说的话是算数的。如果是捉弄我们的话，那就饶不了你。"

他们在一片喧闹声中出发了。而我则在长枪党徒的看守下平静地等待着。我不时地发笑，因为我在想过一会儿他们将要发作的样子。我感到自己既糊涂又狡猾。我在想象，他们如何把盖在墓上的一块块石板撬起，然后打开每个墓穴的门。我仿佛是另一个人在想象这一切：因那个顽固的企图就此成名的俘虏，那些神色庄重留着小胡子的长枪党徒，以及那些身穿制服在坟墓之间来回奔跑的人；这一切都让人忍俊不禁。

过了半小时，矮胖子一个人回来了。我以为他是来下令枪决我的。别的人大概都留在公墓里了。

军官看着我。他一点尴尬的样子都没有。

"把他带到大院和别人待在一起，"他说，"等军事行动结束后，由普通法庭来决定他的命运。"

我以为自己没有听懂，于是问他：

"那么你们不……不枪毙我了？"

"至少现在不。以后嘛，就不关我的事啰。"

我始终没有明白。我问他：

"那为什么？"

他耸了耸肩，没有回答。士兵就把我带走了。在大院里有一百来个俘虏，还有妇女、孩子和几名老人。我开始围绕中间的草坪走起来，简直感到莫名其妙。中午，他们让我们在食堂吃饭。有两三个人和我打了招呼。我大概认识他们，但是我没有和他们搭话。因为我连自己在哪里都搞不清了。

黄昏，又有十来个新俘虏被带到大院里来了。我认出了面包师卡西亚。他对我说：

"好小子，真走运！我真没想到还能活着见到你。"

"他们判了我死刑，"我说，"可是后来他们又改变了主意，我也不知为什么。"

"他们是两点钟逮捕我的。"卡西亚说。

"为什么？"

卡西亚并不参与政治活动。

"我不知道，"他说，"他们把所有和他们想法不同的人都抓起来了。"

他放低了声音：

"他们抓到了格里斯。"

我开始发颤：

"什么时候？"

"今天早晨。他自己干了蠢事。星期二他离开了表兄弟家，因为他已经听到一点风声。他可以藏身的人家还有的是，但是他不想再连累任何人了。他说：
'本来我可以藏到伊比埃塔那里去的，但是既然他已经被捕了，我就藏到公墓去算了。'"

"公墓？"

"是啊，真蠢。显然，他们今天早晨去过那里，这本来也是很可能发生的事。他们在掘墓人的小屋里抓到了他。他先向他们开了枪，他们就把他打死了。"

"在公墓！"

我开始晕头转向，终于摔倒在地。我笑得那么厉害，连眼泪都笑出来了。

卧　室

一

达尔贝达太太手指间夹着一块拉哈-洛库姆①。她小心翼翼地把它举到嘴边，屏着呼吸以免自己的气息把裹在糕点上的糖粉吹走。"哦，这是玫瑰香的。"她想。她突然在这块透明的肉体里咬了一口，一股腐臭的味道立即灌满了她的嘴。"真奇怪，生病居然能让你的感觉变得灵敏起来。"她想起那些清真寺和那些善于阿谀奉承的东方人（她新婚旅行时曾去过阿尔及尔）。于是，她那苍白的双唇开始露出一丝笑容。原来这种拉哈-洛库姆也很会讨好人的。

她不得不好几次把手心放在正在翻阅的书页上，因为尽管十分小心，她的手上仍沾上了薄薄一层白色

① 拉哈-洛库姆，一种阿拉伯糕点。

的糖粉。她的双手在光滑的纸页上反复揉搓着那些细小的糖粒。"这使我想起了在阿尔卡雄①沙滩上看书时的情景。"一九○七年夏天，她是在海滨度过的。那时她戴着一顶镶有绿色飘带的大草帽。她待在海岸边，手里捧着一本吉普或科莱特·伊韦尔②的小说。风扬起滚滚沙土，落到她的双膝上。同时她也不时捏住书的一角来回晃动书本。这跟目前的感觉一模一样。只不过那里的沙粒是干的，而现在的糖粉却有点沾在指头上。她仿佛又见到了墨绿色海面上空那一片珍珠灰色的天空。"那时夏娃还没有出生呢。"她感到被往事的回忆压得很沉重，但又觉得它像檀香木匣一样珍贵。这时，她突然想起了当时阅读的那本小说的书名，它叫《小夫人》。那本书并不讨厌。但是，自从一种莫名其妙的苦恼让她闭门不出后，达尔贝达太太宁肯读一些回忆录和历史著作了。她希望病痛、严肃作品的阅读、对往事和最美好感觉的密切关注，能使她成熟得像温室里漂亮的水果一样。

她忐忑不安地想起，过一会儿她丈夫便会前来敲

---

① 阿尔卡雄，位于法国西南部大城市波尔多附近的旅游胜地。
② 吉普和科莱特·伊韦尔均系法国女作家。

门。每周的其他日子，他只是在傍晚时分到来，在她的额头上默默地吻过之后，便坐在她对面的安乐椅上阅读《时代报》。但每周四是达尔贝达先生的特别日子，因为通常在下午三时到四时他要去女儿家里待上一个小时。出门之前，他来到太太的卧室，两人对他们女婿的事情苦涩地商讨一番。每星期四的这种谈话，可以预想到它们最微小的细节，把达尔贝达太太弄得精疲力尽。达尔贝达先生的身影仿佛充满了她这间平静的卧室。他并不坐下，只是在房间里来回踱步，围着自己打转。他的每一次发怒都像玻璃碎片一样伤害了达尔贝达太太。这个星期四比以前更加糟糕，因为一想到过一会儿她必须向丈夫叙说夏娃对她吐露的真情，而且他那庞大可怕的身躯将会暴跳如雷，达尔贝达太太便不由得全身冒汗。她从茶碟里拿起一块洛库姆，犹豫不决地凝视了片刻，然后又伤心地把它放了回去，因为她不愿让丈夫看到自己吃洛库姆。

听到敲门声，她惊跳起来。

"进来！"她有气无力地说。

达尔贝达先生踮着脚尖走了进来。

"我要去看夏娃。"他像每周四一样说道。

达尔贝达太太对他笑着说：

"你替我亲亲她。"

达尔贝达先生没有回答，忧心忡忡地皱起了额头。每周四在这同一时刻，在他身上交织着一种沉重的恼怒和消化不良的滞重感。

"一会儿我从她家里出来后要去看望弗朗肖。我要请他和夏娃严肃地谈一谈，尽力说服她。"

他经常去拜访弗朗肖医生，但是白费工夫。达尔贝达太太皱了皱眉头。以前她身体好的时候，她总是耸耸肩膀。但自从病痛使她的身子变得沉重起来，她便用面部表情代替了会使她很累的动作。她用眼神表示同意，用嘴角表示反对，用皱眉头代替了耸肩膀。

"必须把他从她身边强行拉开。"

"我已经告诉过你这是不可能的。再说，法律也很糟糕。那天弗朗肖对我说，他们和家庭打交道有不少想象不到的烦恼。例如，有些人总是犹豫不决，他们要把病人留在家里；而医生们则被捆住了手脚，他们只能表达自己的意见，仅此而已。"他接着说，"必须是他这种人在公众面前闹出丑闻，或者由她自己提出要求把他关进精神病院。"

"但是这种局面近期内还不可能出现。"达尔贝达太太说。"是啊。"她丈夫说。

他转身面朝镜子，把手指伸进胡须并开始梳理起来。达尔贝达太太冷漠地望着丈夫那红润和粗壮的颈背。

"假如她继续这样下去，"达尔贝达先生说，"她会变得比他还要痴迷，这是对健康极其有害的。她对他寸步不离，除了前来看望你她从不出门，也不接待任何客人。他们房间的空气简直无法呼吸。因为皮埃尔不愿意，她便从不打开窗户，仿佛要听从病人的意见。我觉得他们在焚烧一些香料，香炉里有那么一些脏兮兮的东西。别人会以为在教堂里呢。我敢保证，我有时候在想……她的眼光很奇怪，你知道吗？"

"我倒没有发现，"达尔贝达太太说，"我觉得她的神色很正常。显然，她的样子很忧伤。"

"她的脸色惨白。她是否睡得好，吃得下？不能问她这方面的事。但是我想，她身边有一个像皮埃尔这样的男人，夜里是没法合眼的。"

他耸了耸肩膀接着说：

"我觉得奇怪的倒是作为她父母的我们俩，没有权利保护她不被她自己伤害。要知道，皮埃尔在弗朗肖那里是会得到更好治疗的。那里有一座大花园。而且我想，"他笑着补充道，"他跟那些同类会相处得更好。那种人就像孩子，应该让他们这种人待在一起。他们会建立一种像共济会那样的秘密联系。从第一天起就应该把他送到那种地方，而且我说这是为了他自己。这显然是为他好。"

过了一阵他接着说：

"我要告诉你，我不想知道她单独和皮埃尔在一起，尤其是夜里。想想要是发生点什么事情怎么办。皮埃尔的样子是极其狡猾的。"

"我不知道是否有必要那么担心，"达尔贝达太太说，"因为他的神情历来如此，他给人的印象仿佛在嘲笑大家。"她叹了口气接着说，"这可怜的年轻人曾经有过他的骄傲，如今却落到这个地步。他自认为比我们大家都聪明。为了结束谈话，他以一种特有的方式对你说：'您说得对。'……目前他还意识不到自己的状态，这对他真是件幸运的事。"

她不快地想起他那张总是略微歪向一边并且带有讥讽神情的长脸。在夏娃初婚的那些日子里，达尔贝达太太非常乐于和女婿亲近一些。但是他让她泄了气，因为他几乎不说话，而且总是急急忙忙、心不在焉地表示同意。

达尔贝达先生沿着自己的思路接着说：

"弗朗肖让我参观了他的精神病院，棒极了。每个病人都有自己的房间，你知道吗？还有皮椅和沙发床。有一个网球场，而且他们还打算建一个游泳池。"

他站在窗前，一边摇摆着他的弓形腿，一边望着窗外。忽然间，他双手插入口袋，垂着肩，灵巧地转动脚跟。达尔贝达太太感到自己要冒汗了，因为每次都一样，现在他就要像一头被关在铁笼中的狗熊般在屋里来回踱步了，而且每走一步他的鞋都会咯咯作响。

"亲爱的，"她说，"求求你坐下来好吗？你这样弄得我好累。"

她犹豫不决地接着说：

"我有一件严重的事情要告诉你。"

达尔贝达先生在安乐椅上坐下，把双手搁在膝盖上。达尔贝达太太感到后脊梁一阵微颤。是时候了，她必须说出来。

"你知道，"她为难地咳了一下说，"星期二我见过夏娃。"

"是啊。"

"我们聊了很多。她的心情很好,我很久没见到她那么自信了。于是我问了她一些事。我让她谈谈皮埃尔的情况。这样我就了解到,"达尔贝达太太为难地补充道,"她仍然非常钟情于他。"

"我当然是知道的啰。"达尔贝达先生说。

达尔贝达太太有点不高兴了,因为每一次她都得把事情详详细细地解释一番,说得清清楚楚。达尔贝达太太一直向往生活在高雅和敏感的人群里,因为和这些人交往,彼此的话语可以非常含蓄。

"但是我想说,"她接着说道,"她跟我们想象的钟情不是一回事。"

达尔贝达先生如同每次猜不透某种影射或某条消息时那样,转动着他那双愤怒和不安的眼睛,他问:

"什么意思?"

"夏尔,"达尔贝达太太说,"别烦我了。你应当明白,有些事情一个母亲是很难说出口的。"

"你说的这些我一点都不懂,"达尔贝达先生气愤地说,"你还是不愿意告诉我?"

"谁说不了!"她说。

"他们还有⋯⋯现在还有?"

"对!对!对!"她很恼火,干脆地接连说了三个对字。

达尔贝达先生摊开双臂，低下脑袋，不作声了。

"夏尔，"他的夫人不安地说，"这件事我不该告诉你的。可是我不能自己一个人把它搁在心里。"

"我们可怜的孩子！"他缓慢地说道，"和这个疯子在一起！他甚至已经认不出她，管她叫阿加特。她大概已经糊涂得不明白自己应该做什么了。"

他抬起头，严肃地望着他太太说：

"你肯定没有搞错吗？"

"绝对错不了。我跟你一样，"她立即补充道，"我不能相信她的话，而且我也不理解她。我只要一想到被那可怜的倒霉鬼碰一下就……"她叹了口气说，"总之，我想她是被他抓住不放了。"

"嗨！"达尔贝达先生说，"你还记得他来求婚时我对你说的话吗？我对你说：'我觉得他太讨夏娃喜欢了。'你当时不愿相信我的话。"

他突然拍了一下桌子，满脸通红地说：

"这是不正常的！他把她搂在怀里，一边亲她一边叫她阿加特，并且对她说着关于会飞的雕像和其他乱七八糟的无聊话！而她就让他为所欲为！他们之间到底有什么瓜葛呢？她若真心可怜他，就送他进疗养

49

院，她每天随时都可以去看他。可是我绝对想象不到……我已经把她当作寡妇了。听着，热内特，"他语气沉重地说，"我坦率地告诉你：假如她脑子还清醒的话，我倒宁愿她去找一个情人！"

"夏尔，别说了！"达尔贝达太太喊道。

达尔贝达先生懒洋洋地从小圆桌上拿起他进来时放下的帽子和手杖。

"听了你刚才对我说的话，"他说，"我已经不抱什么希望了。不过我还是要和她谈谈，因为这是我的职责。"

达尔贝达太太希望他快点走。

"你知道，"她鼓励他道，"我觉得无论如何，夏娃身上更多的是一种固执……而不是别的什么。她知道他是无法治愈的，但是她很顽固，不愿意因此感到失望。"

达尔贝达先生漫不经心地摸了摸自己的胡须说道：

"固执？有可能。那么，假如你说得对，她最终会厌烦的。他并非每天都通情达理，而且他很少说话。当我向他问好时，他便向我伸出一只软绵绵的手，一句话也不说。而当只剩他们两个人在一起时，我想他马上就会被他的顽念重新缠住。因为夏娃告诉我，他有时会像被人宰杀般地叫喊起来，他有幻觉，是那些，雕像。它们使他很害怕，因为那些雕像会嗡嗡作响。他说，雕像在他周围飞来飞去，而且对他翻白眼。"

他戴上手套接着说：

"她会不会厌倦，我不敢说。但是，假如在这之前她自己先垮了呢？我希望她出去走走，见见朋友和熟人。她也许能遇到一个好青年。喏，就像施罗德那样的小伙子。他是辛普隆公司的工程师，很有前途的。她可以在这些或那些人家里再次见到他，慢慢地她对建立新生活的想法会习惯起来的。"

达尔贝达太太担心话题重新打开，因此没有作声。她丈夫俯身对她说：

"得了，我该走了。"

"再见，她爸。"达尔贝达太太说着便把额头伸向他，"好好亲亲她，并且替我告诉她，她是个可怜的小宝贝。"

丈夫走后，达尔贝达太太一屁股坐进了安乐椅。她已精疲力尽，于是闭上了双眼。"如此的生命力。"她自责道。当她稍许恢复过来，立即缓缓地伸出她那苍白的手，闭着眼睛摸索着，从小盘子里拿起了一块洛库姆甜点。

夏娃和丈夫一起住在巴克街一幢旧楼房的第六层。达尔贝达先生灵巧地爬上了一百一十二级楼梯。到他手按门铃时，甚至没有喘一口气。他满意地记起多尔穆瓦小姐夸他的那句话："夏尔，像你这样的年纪，你实在是了不起。"他从来没有像每星期四那样感到自己强壮和健康，尤其是在这种敏捷的攀登之后。

是夏娃前来开的门。"确实，她没有女佣。若是设身处地替那些姑娘想一想，她们在她家是待不住的。"他亲了亲女儿。

"你好，可怜的小宝贝。"

夏娃相当冷淡地问了他好。

"你的脸色有点苍白，"达尔贝达先生说着和她挨了挨脸颊，"你的活动太少了。"

接着是片刻沉默。

"妈妈好吗？"夏娃问。

"马马虎虎啦，你星期二不是见过她了吗？她就那样，跟以前差不多。你婶婶路易丝昨天来看她。这让她很高兴。她喜欢有人来访，但是客人不能待得太久。你婶婶路易丝带着孩子来巴黎是为了那桩抵押的事情。我想这事我已经告诉过你。这是件挺奇怪的事。她到我办公室来征求我的意见。我告诉她没有别的办法，只能卖掉。她倒是找到了买主，就是布列托奈尔。你还记得布列托奈尔吗？他现在已经退出商界了。"

他突然不说了，因为夏娃几乎没在听。他伤心地想，夏娃现在对什么都不感兴趣了。"就像书本。以前必须从她手里把书夺走，如今她甚至连书都不读了。"

"皮埃尔好吗？"

"很好，"夏娃说，"你要看看他吗？"

"当然啰！"达尔贝达先生高兴地说，"我要见他一面。"

他对这个不幸的小伙子充满了怜悯之情，然而每次看见他时又不无反感。"我讨厌那些不健康的人。"显然，这不是皮埃尔的过错，因为他有极可怕的遗传因子。达尔贝达先生叹了口气说："这种事情防不胜防。知道时总是太晚了。"不，皮埃尔是没有责任的。不过，他身上总是带着这种毛病，这又构成了他的基本性格。这不像癌症和结核，当人们对患者本人诊断时，那两种病是可以不予考虑的。而当皮埃尔向夏娃求爱时，他那种十分讨夏娃喜欢的神经质的优雅和精明，却是一些疯狂之花。"他娶她时已经疯了。只不过当时看不出来罢了。"达尔贝达先生想，"人们不禁要问，责任究竟起始于何时，或者说终止于何时。总而言之，他自我剖析得太多了。他整天都在围着自己转。然而，这到底是他的病因还是后果？"他跟着女儿穿过一条又长又暗的过道。

"这套公寓你们两人住太大了，"他说，"你们应该换个地方才好。"

"爸爸，你每回都跟我说这个，"夏娃说，"可是我已经告诉过你，皮埃尔不愿意离开他的房间。"

夏娃真让人感到吃惊。人们不禁暗忖她对丈夫的病情是否清楚。他已经疯到极点，她却依然听从他的决定和意见，仿佛他的头脑完全清醒似的。

"我说的这些都是为你好，"达尔贝达先生有点不快地说，"我觉得，假如我是女人，待在这些昏暗的旧房间里我会害怕的。我希望你能有一套明亮的公寓，就像这些年在欧特伊一带新盖的房子，三间小小的通风良好的房间。他们没有房客，因此降低了租金。现在正是好时候。"

夏娃轻轻地转动了门把，于是他们两人走进了房间。达尔贝达先生被一股浓重的乳香味道呛了一下。窗帘是拉上的。在昏暗中，他辨出了安乐椅靠背上冒出来的瘦弱的颈背。原来皮埃尔背对着他，正在吃饭。

"皮埃尔，你好，"达尔贝达先生朗声说道，"怎么样，今天好吗？"

达尔贝达先生走过去。病人坐在一张小桌前，他的神情颇为狡黠。

"啊！咱们今天吃溏心鸡蛋，"达尔贝达先生提高嗓门说，"这不错，挺好！"

"我不聋。"皮埃尔轻声说道。

达尔贝达先生很气愤，把目光转向夏娃，要她作见证。但是夏娃报以冷峻的目光，默不作声。达尔贝达先生明白自己刺伤了她。"那好，她活该。"跟这个不幸的小伙子在一起，简直不可能找到合适的谈话气氛。因为他的理智还不及一个四岁的孩子，而夏娃却希望人家把他当作一个正常的男人。达尔贝达先生不得不耐心地等待着所有这些可笑的事情烟消云散时刻的到来。病人总会使他感到不快，尤其是精神病患者，因为他们没有理智。例如可怜的皮埃尔，他完全没有理智，他说的话没有一句不是胡说八道。但要想让他表示起码的歉意或是暂时认错，那都是徒劳的。

夏娃撤走蛋壳和蛋杯。她在皮埃尔面前摆了一副餐具：一把叉子和一把餐刀。

"他现在要吃什么啦?"达尔贝达先生兴冲冲地问。

"一份牛排。"

皮埃尔拿起叉子，把它夹在他那细长和苍白的手指间。他仔细地端详着叉子，接着便发出一下轻微的笑声。

"下一次再用这把，"他放下叉子喃喃说道，"我觉得它有问题。"

夏娃走近他，并以异常的兴趣打量着那把叉子。

"阿加特，"皮埃尔说，"给我另外拿一把叉子来。"

夏娃听从他的吩咐。皮埃尔开始吃起来。她拿起他那把可疑的叉子，把它紧紧地夹在手里，两眼直盯着它看。她似乎在付出巨大的努力。"他们的一切动作和他们之间的一切关系都是那么不可思议!"达尔贝达先生想。

他觉得很不自在。

"小心，"皮埃尔说，"叉子上有刺，你得拿住它的把中间。"

夏娃叹了口气，把叉子放在餐具桌上。达尔贝达先生感到再也忍耐不住了。他不认为应该迁就这个倒霉鬼的种种任性。即使对皮埃尔来说，这样做也是有害无益的。弗朗肖说得很对："绝不能陷进病人的妄想。"与其给他另一把叉子，倒不如慢慢给他讲道理，让他明白第一把叉子和别的叉子完全一样。他走向餐具桌，故意拿起那把叉子，并用手指轻轻地摸了摸它的尖齿。然后他转向皮埃尔。但是皮埃尔正在用餐刀平静地切着牛排，他向岳父投去柔和而呆滞的目光。

"我想和你聊一会儿。"达尔贝达先生对夏娃说。

夏娃顺从地跟着他回到客厅。当达尔贝达先生在长沙发上坐下时，发现手里还拿着那把叉子。他生气地把叉子扔在了靠墙那张蜗形脚桌子上。

"这里的空气好多了。"他说。

"我从不到这里来。"

"我可以抽烟吗？"

"当然可以喽，爸爸，"夏娃赶紧说，"你要一支雪茄吗？"

达尔贝达先生宁肯自己卷烟抽。他不厌其烦地想着即将开始的这场谈话。在谈到皮埃尔时，他会因为他的理智问题感到十分为难，如同一个巨人在和一个孩子玩的时候，为自己的巨大力量感到为难一样。他所有那些明白、清晰和准确的优点这时都反而和他作对。"必须承认，和我那可怜的热内特在一起时，也差不多如此。"当然，达尔贝达太太不是疯子，但是疾病也把她弄得……软弱无力了。而夏娃则相反，她继承了父亲的天性，具有一种耿直和逻辑性很强的性格。因此，和她谈话是一件快事。"正因如此，我不愿让别人来破坏我们的谈话。"达尔贝达先生抬起双眼，他想再看看女儿那聪明和细腻的轮廓，他失望了。在这张从前是那么理智和明朗的脸上，现在却有点模糊和捉摸不定的东西。夏娃一直是很美的。达尔贝达先生发现，她悉心地化了妆，甚至竭尽了全力。她在眼皮上涂了蓝色，并且在长长的睫毛上涂了眼睫膏。这种完美的浓妆使她父亲感到难受。

"你这样化妆显得脸色发青，"他对女儿说，"我担心你会得病。你现在妆化得太过分了！以前你在这方面是非常谨慎的。"

夏娃没有作声。达尔贝达先生则为难地打量着在浓密的黑发下这张艳丽但已憔悴的面孔。他觉得，她的样子像一位悲剧演员。"我甚至知道她像谁。像那个女人，那个在奥朗日墙①用法语演过《费德尔》②的罗马尼亚女人。"他很遗憾对她做了这个并不令人愉快的评论。"嗨！我说漏了嘴！最好别拿这些小事来烦她。"

"原谅我，"他笑着说，"你知道我历来崇拜大自然。我不大喜欢现在女人们搽在脸上的各种香脂。但是，我错了，人们应该随着时代前进嘛！"

夏娃对他莞尔一笑。达尔贝达先生点燃了雪茄，抽了几口。

"我的小宝贝，"他开始说，"我想告诉你，让咱们俩一起好好聊聊，就我们两人，像从前一样。来吧，坐下，好好听我说。你得相信自己的老爸爸。"

"我喜欢站着，"夏娃说，"你要对我说什么？"

"我要问你一个简单的问题，"达尔贝达先生有点生硬地说，"这一切到底会把你引向何方？"

"这一切？"夏娃惊讶地重复了一遍。

_____

① 奥朗日墙，法国城市奥朗日有一古罗马剧院废墟，后成为一露天剧场。
② 《费德尔》，法国十七世纪戏剧家拉辛的名剧。

"是，一切，就是你自己营造的这种生活。听着，"他接着说，"别以为我不理解你（他突然间来了灵感）。但是你想要做的事实在超出了人类的力量。你想光靠幻想来生活，对吗？你不愿意承认他有病？你不愿意看到今天的皮埃尔，是不是？你的眼里只有从前的皮埃尔。我的小宝贝，我的小乖乖，这是异想天开，绝对不可能实现的。"达尔贝达先生接着说，"噢，我来给你讲个故事，你大概没有听过。我们住在萨布勒多隆的时候，你才三岁。你母亲认识了一位非常可爱的少妇，她有一个漂亮的小男孩。你常和这个小男孩在海滩上玩耍。当时你们都很小，你是他的未婚妻。后来回到巴黎，你母亲想再见见这位少妇。人家告诉她，这位女士遭到了巨大的不幸。她那漂亮的儿子被一辆汽车的前挡泥板撞死了。人家对你母亲说：'你去看看她，但千万别和她谈起她儿子的死，她不愿意相信儿子已经死了。'你母亲去了她家，看到的是一个有点疯疯癫癫的女人。她像她儿子仍然活着那样生活。她对儿子说话，桌上还摆着他的餐具。她就生活在神经如此紧张的状态中，因此半年后，人们不得不强制地把她送进了一家疗养院，她在那里待了三年。不，我的孩子，"达尔贝达先生摇了摇头说，"这种事情简直是不可能的。她最好是勇敢地承认现实。那样，她只需痛苦一次，而时间会让人们渐渐遗忘的。请相信我，除了面对现实别无他法。"

"你弄错了，"夏娃很费劲地说，"我很清楚皮埃尔是……"

后面那个字她没有说出来。她站得笔直，把双手放在靠背椅的椅背上。在她脸部下方有点冷漠和难看的东西。

"哪……怎么说?"达尔贝达先生惊愕地问。

"什么怎么说?"

"你……?"

"我就爱他这个样子。"夏娃迅速和厌烦地说。

"事实并非如此，"达尔贝达先生用力地说，"事实并非如此，你并不爱他；你不可能爱他。爱这种感情，只能对健康和正常的人才能产生。对于皮埃尔，你只是怜悯，这一点我深信不疑。而且你对他给了你三年幸福一直铭记在心。可是别对我说你爱他，我不会相信的。"

夏娃默不作声，心不在焉地盯着地毯看。

"你可以回答我呀，"达尔贝达先生冷冷地说，"别以为进行这次谈话我比你更好受些。"

"既然你不相信我……"

"那么，假如你爱着他，"被激怒的达尔贝达先生大声喊道，"这对你，对我，对你可怜的母亲，都是很大的不幸。因为我要告诉你一件本不想说的事情：三年后，皮埃尔的神经将会完全错乱，变得像一头野兽。"

他用严厉的眼光看着女儿。他抱怨女儿太固执，迫使他违心地向她揭露了这个令人痛心的隐秘。

夏娃没有动弹，她甚至连头也不抬。

"我早就知道了。"

"谁告诉你的？"他惊愕地问。

"弗朗肖，半年前我就知道了。"

"我可叮嘱他要对你保密的，"达尔贝达先生痛苦地说，"不过，这样也好。但是，既然如此，你就应该明白，把皮埃尔留在家里是不可原谅的。你所进行的斗争是注定要失败的，他的病是不治之症。假如还有什么可能，假如通过治疗可以挽救他……我就不说这些了。可是，你来看看现实：以前你很漂亮、聪明、快活，现在你却心甘情愿、毫无回报地摧残自己。事实是，你曾经非常可爱，但是现在完了。你已经尽了全部责任，甚至超出了你的责任。现在，若是再坚持下去那就是不道德的了。人们还有对自己应负的责任，我的孩子。而且，你也不想想我们，你必须，"他一字一顿地说，"把皮埃尔送到弗朗肖的医院里去。然后放弃这套公寓，因为你在这里只有过不幸。回到家里和我们一起住。如果你想做点什么事帮助别人解脱痛苦，那你可以照顾照顾你的母亲。你可怜的妈妈虽有护士在照料，但是她需要有人陪陪她。而她呢，"他补充道，"她会赞赏你为她做的一切，对你十分感激的。"

接下来是一阵沉默。达尔贝达先生听见皮埃尔在隔壁房间里唱歌。而且那很难说是一首歌，倒不如说是一连串尖锐和急促的声音的堆砌。达尔贝达先生抬起头望着女儿。

"怎么样，行不行？"

"皮埃尔还是得跟我在一起，"她柔声地说，"我和他相处得很好。"

"那你就整天都得装傻。"

夏娃笑了笑，向父亲投去一瞥奇异的、嘲弄的，而且几乎是快活的目光。"确实，"达尔贝达先生气愤地想，"他们不光做这些，他们还在一起睡觉呢。"

"你完全疯了。"他站起来说道。

夏娃惨然一笑，并且仿佛对她自己喃喃地说道："不完全。"

"不完全？我只能对你说一句话，我的孩子，你让我害怕。"

他匆匆地亲了亲她便走了。他一边下楼梯一边想："得派两个强壮的小伙子来，把这个可怜的废物强行拉走，不必征求他的意见，对他施行冲洗疗法。"

那是一个晴空万里的秋日，安静而豁朗。阳光给行人的脸上涂了一层金色。达尔贝达先生看到这一张张朴实的面孔感到十分惊讶。有的脸被太阳晒成了褐色，有的则相当光滑，但是它们都表现出他所熟悉的那种幸福和苦恼。

"我很清楚我责备夏娃什么，"在走到圣日耳曼大道时他这样想道，"我责备她生活在人类的圈子之外。皮埃尔已不再是一个有灵性的人。她给予他的一切照料和全部爱，都是从这些人的身上夺取的。人们没有权利拒绝和人类生活在一起。当魔鬼来到人间，我们就组成社会生活在一起了。"

他友善地注视着过往行人；他喜欢他们凝重和清

澈的目光。在这些阳光普照的街道上，在人们中间，人就如同在一个大家庭里那样感到十分安全。

一位没有戴帽子的女士在一个露天货架前停住了脚步，她手里牵着一个小女孩。

"这是什么?"小女孩指着一台收音机问道。

"别碰，"她母亲说，"这是收音机，可以放音乐。"

她们在那里站了片刻，默默地欣赏着。达尔贝达先生动情了，他俯身向小女孩笑了笑。

二

"他走了。"大门砰的一声重新关上。夏娃独自一人待在客厅里。"我希望他死。"

她双手攥紧了靠背椅的椅背。她再次想起了父亲的目光。达尔贝达先生以一种行家的神情俯向皮埃尔。他对皮埃尔说："这不错，很好！"仿佛一个善于和病人打交道的人。他看了看他，于是皮埃尔的面孔便映在了他那双灵活的大眼睛深处。"当他看着皮埃尔，当我想到他看见了皮埃尔时，我恨他。"

夏娃的双手沿着靠背椅滑了下来，她转身向着窗口。她感到耀眼。房间里充满了阳光，到处都是：照在地毯上的是一个个苍白的圆点；在空气中的仿佛是刺眼的尘埃。夏娃对这种不肯保守秘密且过分认真的光亮已经不习惯了，它钻到各个角落，把它们一一照亮；它像一名优秀的家庭主妇，擦拭着家具，使它们闪闪发光。然而，夏娃走向窗口，掀起挂在窗边的平纹细布窗帘。这时候，达尔贝达先生正走出大楼。夏娃忽然注意到他那宽阔的肩膀。他抬起头，眯着眼睛望了望天空，然后像年轻人一样大步流星地走远了。"他在强制自己，"夏娃想，"一会儿他会胸痛的。"她已经不太恨他了。在他的脑子里，除了千方百计想表现得年轻些，再也没有别的东西了。可是，当她见到他在圣日耳曼大道拐角消失后，怒气再次涌上心头。"他总惦记着皮埃尔。"他们俩生活的一小部分从这间封闭的屋子里逸出，在街道上、阳光下和人群中游荡，"难道人们永远不能把我们忘掉吗？"

巴克街上几乎空荡无人。一名老妇人正在一步一步地穿过马路；三个姑娘嬉笑着走了过去。再有就是一些男人，一些强壮有力、神色凝重的男人。他们手提公文包，正在交谈。"正常的人。"夏娃想道，她惊奇地发现了自己身上这种如此强烈的仇恨。一位美丽的胖妇人正在吃力地奔向一位举止潇洒的先生。他张开双臂把她搂住和她亲吻。夏娃苦涩地笑了笑，放下了窗帘。

皮埃尔已经不唱了，但是四楼的那位少妇却弹起了钢琴。她在弹一首肖邦的练习曲。她感到平静多了。她跨出一步向皮埃尔的房间走去，可是又立即止步。她略带忧伤地靠在了墙上：一如每次她离开那间卧室，想到还要回到那里，便不由得心里发紧那样。然而她很明白，她不可能去别处生活，因为她喜欢那间卧室。仿佛为了争取一点时间，她出自冷峻的好奇心用目光扫视了一遍这间无阴影无气味的房间，她在这里等待着自己重新获得勇气。"这里简直像一间牙医的诊室。"玫瑰红丝质的安乐椅、长沙发和方凳简朴而平常，有点儿父性；它们是男人的好朋友。夏娃想象着，一些神色庄重、身穿浅色衣服的先生，如同她刚才从窗口看到的那些人，走进这个客厅，继续着已经开始的谈话。他们甚至不花点时间确认一下这个地点，便迈着坚定的步伐一直走到屋中央。其中一位把手放在身后，仿佛是他的尾巴。他边走边轻轻擦过靠垫和桌上的物品。碰到这些东西时，他甚至没有一丝反应。而当某件家具正好放在他们的必经之路上时，这些庄重的先生们并非绕道而行，而是平静地把家具挪一挪。他们终于坐下来，始终继续着他们的谈话，甚至不朝后面瞧一眼。"一间正常人使用的客厅。"夏娃想。她的手搁在那间封闭小屋的门把上，顿时忧上心头并且感到嗓子发紧："我得进去了。我从来不让他独自待很久的。"必须打开这扇门。随后，夏娃将站在门口，以便让自己的眼睛适应卧室里昏暗的光线，而这间卧室却将竭尽全力把她推开。夏娃必须战胜这种抗拒，以便进入屋中央。忽然，夏娃强烈地希望见到皮埃尔。她很想和他一起嘲笑达尔贝达先生。但是皮埃尔不需要她。她无法预料他将怎样对待她。她突然不无骄傲地想到，哪里都没有自己的位置了。"正常人还以为我和他们一样。可是要我和他们一起待上一个小时都不可能。我需要在那里生活，在墙的那一边。但是那里，人家又不要我。"

她的周围已发生了深刻的变化。光线已经老化，它变得发灰了：它已变得沉重，如同已经一天没有更换的花瓶里的水。在沉浸于这种老化光线里的物品上，夏娃重新体验到一种忘却已久的伤感；即秋末午后的那种伤感。她犹豫地、并且几乎腼腆地望了望四周。这一切都是那么遥远。在卧室里，既无白天也无黑夜；既无四季之分也无伤感。她泛泛地记起很久以前的那些秋天，她童年时代的秋天。想着想着，她突然变得僵直起来，因为她害怕回忆过去。

她听见了皮埃尔的声音。

"阿加特，你在哪里？"

"我来了。"她喊道。

她打开房门，走了进去。

焚香浓烈的味道立即充满了她的鼻孔和嘴，于是
她睁大眼睛并且把双手挡在了前头。——很久以来，
香味和昏暗对她来说仅是一种呛人却舒适的要素，同
水、空气与火一样简单和熟悉。——她谨慎地朝着仿
佛在雾气中晃动的一个苍白的圆点走去。那就是皮埃
尔的脸，因为他的衣服（自从他生病以来，一直穿着
黑色衣服）淹没在黑暗之中。皮埃尔的头向后靠着，
紧闭着双眼。他很美。夏娃望了望他那弯弯的长睫
毛，然后在他身边的矮椅子上坐下。"他像是不大舒
服。"她想道。这时，她的双眼渐渐适应了昏暗的光
线。写字台首先显现出来，接着是床，然后是皮埃尔
的个人物品：剪刀、胶水罐、书本和植物标本集。它
们铺满了安乐椅旁边的那一片地毯。

"阿加特？"

皮埃尔睁开双眼，他望着她笑笑说：

"你知道我那把叉子的事吗？"他说，"我那样做
是为了吓唬那个家伙。它几乎没有什么毛病。"

夏娃心领神会，微微一笑。

"你很成功，"她说，"你把他气坏了。"

皮埃尔笑了。

"你刚才看见了吗？他把它摸弄了好一会儿，把它捏在手里……问题是，"他说，"他们不会拿东西，他们紧紧地抓住了它们。"

"确实如此。"夏娃说。

皮埃尔用他的右手食指敲了敲左手手掌。

"他们就是用这个拿东西的。他们伸出手指，当他们抓住东西后，就贴上手掌，以便扼杀它。"

他说得很快，并且话是从嘴唇边上说出来的。他仿佛很烦躁。

"我在想他们到底要干什么。"他最终说。"这个家伙已经来过。他们为什么派他到我这里来？如果他们想知道我在干什么，他们只需去看看电影，他们甚至不必动窝。他们在犯错误。他们有权力，但是他们在犯错误。我从来不犯错误，这是我的王牌。奥夫卡，"他说，"奥夫卡。"

他在额前挥动他那只长长的手。

"这个讨厌的女人！奥夫卡，帕夫卡，絮夫卡。你还想多要吗？"

"是铃吗?"夏娃问。

"是,她走了。"

接着他严肃地说:

"那家伙,他是个次要角色。你认识他,你和他一起去了客厅。"

夏娃没有吭声。

"他想干什么?"皮埃尔问,"他一定对你说了。"

她犹豫片刻,接着便粗暴地说:

"他想要把你关起来。"

当人们柔声地把实情告诉皮埃尔时,他会不相信。因此必须对他厉声喝道,以麻痹并解除他的疑虑。夏娃宁愿粗暴地对他道出实情,而不肯欺骗他。当她对他撒谎,他也表示相信时,她不禁产生一种微弱的优越感,而这却使她厌恶自己。

"把我关起来!"皮埃尔讥讽地重复道,"他们在胡说八道。这能妨碍我什么?不过是筑起几堵墙。他们也许认为这样做能制止我。我有时想是否有两种集团。一种是真正的,是黑人集团。另一种是糊涂虫组成的集团,他们到处管闲事,净干蠢事。"

他用手在安乐椅扶手上敲了一下,高兴地打量着它。

"墙是可以穿过去的。你是怎么回答他的？"他转向夏娃好奇地问道。

"我不会把你关起来的。"

他耸了耸肩。

"不能这样回答。你也犯了个错误，除非你不是故意的，应该让他们使自己的把戏破产。"

他不说话了。夏娃忧伤地低下了头。"他们捏紧了它们！"他说这句话时的语气是多么轻蔑，而这话说得很对。"我是否也捏紧了那些东西？我徒劳地观察自己，我想我的大多数动作都会使他反感。可是他不说。"她突然感到自己很可怜，如同她十四岁时，性格急躁和轻率的达尔贝达太太对她说："你这个人简直连自己的手都不会用。"她不敢动弹。正在这时，她竭力想要换个姿势。他轻轻地把双脚缩回到椅子下面，勉强擦着地毯。她瞧着桌上的台灯——皮埃尔已把灯座涂成黑色——和那副国际象棋。在棋盘上皮埃尔只留下了黑色的小卒。他有时站起来，一直走到桌子旁，把小卒一个一个拿在手里。他和它们说话，管它们叫机器人，它们似乎在他的手指间显示出一种无声的生命力。当他把它们放下，夏娃走过去抚摸它们（她觉得自己有点可笑）。它们又变成了无生命的小木块，但是它们之中还有一种泛泛的、捉摸不透的东西，仿佛有某种含义。"这是他的东西，"她想，"在这间卧室里已经不再有属于我的东西了。"她曾经有过几件家具：镜子和细木镶嵌的小梳妆台。那是她祖母留下的，被皮埃尔戏称为"你的梳妆台"。现在皮埃尔已把它们据为己有。只有对皮埃尔，那些东西才会显出其真面目。夏娃可以连续几小时地看着它们，它们却顽固不化并且恶意地使她失望，永远只给她看到其表面——如同对弗朗肖医生和达尔贝达先生一样。"然而，"她伤感地想道，"我看它们时已经和我父亲不完全一样了。我不可能和他的看法完全一样。"

因为双腿发麻，她稍为挪动了一下膝盖。她的身子僵直，感到很不舒服。她觉得自己的身子过于活泼和轻率。"我想成为隐身人待在这里，以便能够看见他而他却见不到我。他不需要我。在这间卧室里我是多余的。"她稍稍转过头去，望着皮埃尔头上的那片墙。墙上刻写着一个又一个的威胁。夏娃知道这件事，但她看不懂。她经常看着壁纸上那一朵朵硕大的红玫瑰，一直看到它们在自己的眼前跳跃起来。玫瑰在昏暗中闪闪发光。威胁通常刻写在床的左上方天花板旁边。但它有时会换地方。"我得站起来。我不能，我不能坐得更久了。"墙上还有一些白圈圈，它们像一片片洋葱。圆圈绕着自己转，于是夏娃的双手开始发抖。"有的时候我也疯了。不，"她苦涩地想，"我不能变疯。我只是有点神经质而已。"

突然，她感到皮埃尔的手放在了她的手上。

"阿加特。"皮埃尔温情脉脉地说。

他对她笑，但是他只是抽搐地捏住她的指头，仿佛他抓住螃蟹的背以免被它的大钳子夹住。

"阿加特，"他说，"我多么想信任你。"

夏娃闭上眼睛，胸脯上下起伏。"现在什么也别说，否则他会失去信心，什么都不说了。"

皮埃尔松开她的手。

"我很爱你，阿加特，"他对她说，"但是我不能理解你，你为什么总是待在卧室里？"

夏娃不回答。

"告诉我为什么。"

"你知道我爱你。"她生硬地说。

"我不信，"皮埃尔说，"为什么你还爱我？我应该让你讨厌，我被鬼怪缠了身。"

他笑了笑，但他顿时变得严肃起来。

"你我之间有一堵墙。我看得见你，跟你说话，但是你在那一边。是什么东西阻止我们相爱？我觉得从前更加容易点，在汉堡。"

"是。"夏娃忧伤地说。他总是说汉堡，从不谈谈他们真正的过去。夏娃和他，谁都没有到过汉堡。

"那时我们沿着运河漫游。有一条平底驳船，你记得吗？驳船是黑色的，甲板上有条狗。"

他在不断地编造，他的样子很虚假。

"我拉着你的手，那时候你的皮肤和现在不一样。我相信你说的一切。别作声！"他喊道。

他听了一阵。

"她们要来了。"他沮丧地说。

夏娃惊跳起来。

"她们要来了？我还以为她们永远不会再来了。"

三天以来，皮埃尔变得更加安静。那些雕像没有来。皮埃尔对雕像惊恐万分，尽管他从不承认这一点。夏娃却不怕它们。但是当这些雕像在卧室里嗡嗡作响地飞行时，她很担心皮埃尔。

"把齐于特尔递给我。"皮埃尔说。

夏娃站起来，拿住齐于特尔。这是皮埃尔自己粘贴的一个硬纸板手工劳作，是他用来制服雕像的。齐于特尔像一只蜘蛛。在硬纸板的一面皮埃尔写着"能降住伏兵",另一面上写着"黑"。第三面上他画了一个眯着眼睛微笑的头像,那是伏尔泰。皮埃尔抓住齐于特尔的一只爪子,脸色阴沉地打量着它。

"它已经没有用了。"他说。

"为什么?"

"他们把它扳倒了。"

"你再做一个?"

他久久地望着她。

"你很愿意这样。"他咬着牙说道。

夏娃生皮埃尔的气了。"每一次她们到来时,他都事先知道。他从来不会弄错,不知道他是怎么回事。"

齐于特尔可怜地吊在皮埃尔的手指头上。"他总能找出一堆理由不用它。星期日它们到来的时候,他声称没有找到它。其实我看见它了,就在胶水罐后面,他不可能看不见的。我纳闷,是不是他自己把它们引来的。"人们从来都无法知道他是否完全真诚。有时候,夏娃觉得皮埃尔不由自主地被大量不健康的思想和幻觉所缠绕。可是在别的时候,皮埃尔像是在编造。"他很痛苦。但是,他对雕像和黑人究竟相信到何种程度？那些雕像，我知道他在任何时候都看不见它们，他只是听见它们的声音。当它们来临时，他转过头去。可他仍然说见到了它们，而且还能对它们一一加以描述。"她想起了弗朗肖医生那张红彤彤的脸。"可是，亲爱的夫人，所有精神病患者都是说谎的人。假如您想区分他们真实感受到的和他们声称感受到的，那是白费时间。"她惊跳起来，"弗朗肖到底想干什么？我可不会像他那样去想。"

皮埃尔站了起来，他把齐于特尔扔到纸篓里。"我要像你那样去想。"她喃喃道。他踮着脚尖小步地走着，双肘紧贴着臀部，以尽量少占地方。他回到原地坐下，以坚定的眼光望着夏娃。

"得糊上黑色的壁纸，"他说，"这个房间里不够黑。"

他坐在安乐椅里。夏娃凄然地看了看这具佝偻的身躯，它随时准备后退和蜷缩起来。他的胳膊、双腿和脑袋像是一些可以自由伸缩的器官。挂钟敲响了六点钟。钢琴声停止了。夏娃叹了口气，因为雕像不会马上到来，得等着它们。

"要不要开灯？"

她宁愿不在黑暗中等待它们。

"你愿意就开灯。"皮埃尔说。

夏娃开亮了写字台上的那盏小灯。顿时一片红色的雾气笼罩了房间。皮埃尔也在等待。

他不说话，但是他的嘴唇在动弹，它们在红色的雾气中形成了两个暗色的圆点。夏娃喜欢皮埃尔的嘴唇。以前它们是很动人和性感的。但是如今它们已失去了性感。它们上下分开，微微颤动，又不断地合上，一片压在另一片上面，接着又重新张开。它们孤独地生活在这张与世隔绝的脸上，像两头担惊受怕的野兽。皮埃尔可以这样喃喃自语好几小时而不说出一句话来。而夏娃则常常被这种顽固的小动作迷住。"我喜欢他的嘴巴。"他不再亲吻她，他厌恶身体的接触。夜里，有人用男人粗硬和干巴巴的手摸他，把他的整个身子夹住；又用有长长指甲的女人之手龌龊地抚摩他。他经常穿着衣服睡觉，但是双手却伸到衣服下面，并且揪住衬衫。有一次他听到笑声，还有两片浮肿的嘴唇贴到了他的嘴唇上。正是从那一夜起，他再也不亲吻夏娃了。

"阿加特，"皮埃尔说，"别看着我的嘴！"

夏娃低下了头。

"我并非不知道可以从嘴唇上看懂别人的心思。"

他继续傲慢地说。

他的手在安乐椅扶手上抖动。他的食指僵直，敲了三下大拇指，其他手指则紧缩着：这是在驱魔。"快开始了。"她想。她真想把皮埃尔一把搂在怀里。

皮埃尔开始用一种上流社会的语调大声说话。

"你还记得圣波利吗？"

夏娃没有回答，这可能是个陷阱。

"我是在那里认识你的，"他满意地说，"我是从一名丹麦水手那里把你夺过来的。我和他差点打起来，可是我付了酒钱，于是他就让我把你带走了。这一切只不过是一场闹剧。"

"他在撒谎，他对自己说的话连一个字都不会相信的。他知道我不叫阿加特。他说谎时我恨他。"但是她看见他的双眼直盯盯的，怒气就又消了。"他不是在撒谎，"她想，"他一定黔驴技穷了。他感到她们正向他走来，他说话正是为了不让自己听见她们的到来。"皮埃尔双手紧抓住安乐椅扶手。他的脸色苍白，他在笑。

"那些会见往往很奇怪，"他说，"但是我不相信偶然。我不问是谁把你派来的，我知道你不会回答。总而言之，你很机灵地玷污了我。"

他很艰难地说着话，嗓音尖厉而急促。有几个字他发不出声来，仿佛一种柔软和无形的物质从他嘴里吐了出来。

"你把我拉到了节庆活动场上，在一些回旋转动的黑色汽车中间。但是汽车后面有一大堆红彤彤的眼睛。我刚转过身去，它们就闪闪发光。我想一定是你一面攀着我的胳臂一面给它们发出信号。可是我却什么也看不见。我完全沉浸在加冕礼盛大的庆典之中了。"

他两眼圆睁，直盯着前面。他迅速地把手贴在额头上，动作十分急促，并且不停地说话，他不愿意停止说话。

"那是共和国的加冕礼，"他用刺耳的嗓音说道，"由于各殖民地专门为庆典送来了各种动物，那真是给人留下深刻印象的盛大场面。你当时害怕迷失在猴群当中。我说是在猴群当中，"他看了看四周，用傲慢的神气重复道，"我可以说是在一群黑人当中！那些钻到桌子下面，并且以为不会被人发现的瘦小家伙，被人发现了，而且立即被我的目光死死盯住。命令要求住嘴，"他大声喝道，"住嘴！大家各就各位，为雕像的到来做好准备，这是命令。特拉拉！"他在吼叫，并用双手做成喇叭形状放在嘴边，"特拉拉拉，特拉拉拉拉。"

他不作声了，夏娃知道雕像刚进入卧室。他全身僵直，脸色苍白，神情轻蔑。夏娃也身子发僵，两人在静默中渐渐地松弛下来。有人在过道里走动，那是女佣玛丽，她大概刚来。夏娃想："我得给她煤气费。"接着，雕像开始飞舞起来，她们在夏娃和皮埃尔中间来回穿梭。

皮埃尔说了声"嗯"，便一屁股坐在了安乐椅里，并把双腿抽回到自己身下。他转过头去，不时发出冷笑。一颗颗汗珠从他的额头上渗出。夏娃不忍看到这张苍白的脸以及被颤动扭曲了的那张嘴，她闭上了眼睛。一些金色的线条开始在她眼皮的红色底部跳动起来。她感到自己衰老和沉重。离她不远，皮埃尔在大声喘气。"她们在飞舞，在嗡嗡作响；她们俯身向着他……"她感到身上微微发痒，肩上和右胁很不舒服。于是，她的身子本能地向左倾斜，仿佛为了避免不愉快的接触，给沉重和笨拙的东西让道。突然，地板嘎啦一响。她很想睁开眼睛，看看右边并用手驱散那儿的空气。

她什么也没有做，仍然紧闭着双眼。这时，一种苦涩的愉悦使她的全身颤抖。"我自己也害怕了。"她想道。她的全部生命都藏到了自己的右边。她闭着眼睛，俯身向着皮埃尔。她只需付出极小的努力，这样她就生平第一次能进入那个悲剧世界了。"我害怕那些雕像。"她想。这是一种强烈和盲目的肯定，是一种咒语。她竭尽全力要相信他们的到来。使她右边麻痹的那种苦恼，她力图使之赋有新的含义，即一种触摸。在她的胳膊、肋部和肩上，她感觉到它们经过。

雕像飞得很低，而且很慢。它们在嗡嗡作响。夏娃知道它们的神情狡黠，而且睫毛从它们眼睛周围的石头里伸出来。但是它们的模样，夏娃仍然不很清楚。她也知道它们还没有完全变活。但是在它们巨大的身躯上已经出现了层层肌肉和温暖的鳞片。在它们的指尖，石头在脱落，而它们的手心使它们发痒。夏娃无法看到这一切。她只是想，一些身躯庞大的女人，正在像人那样，并且以石头固有的倔强，既庄严又怪诞地在她的身上滑来滑去。"它们正在俯向皮埃尔。"夏娃猛一使劲，于是它们双手开始颤动起来。"它们正在向我扑来……"突然间，一声可怕的喊叫把她吓呆了。"它们碰到他了。"她睁开眼睛，看见皮埃尔双手抱头，气喘吁吁。夏娃感到精疲力竭。
"闹剧，"她后悔地想，"这不过是一场闹剧。我从未真正地相信过。而在这段时间里，他却在真正地受折磨。"

皮埃尔渐渐放松，并用力地呼吸，但是他的眼珠瞪得极大，他大汗淋漓。

"你看见它们了吗？"他问。

"我无法看见它们。"

"这样对你更好，否则你会害怕的。我呢，"他说，"已经习惯了。"

夏娃的手一直在抖动，血涌到了她脑子里。皮埃尔从口袋里掏出一支烟，放到嘴上。但是他并不点燃香烟。

"看见它们倒无所谓，"他说，"但是我不愿意它们碰我，因为我害怕它们让我身上长包。"

他思索片刻，问道：

"你听见它们了吗？"

"听见了，"夏娃说，"就像是飞机的发动机。"（上星期日，皮埃尔曾经这样告诉她的。）

皮埃尔略带优越感地笑了笑。

"你夸张了。"他说。

但是他仍然脸色苍白。他看着夏娃的手。

"你的手在发抖。我可怜的阿加特，刚才让你受惊了。可是你不必烦恼，明天以前它们不会再来了。"夏娃说不出话来，她牙齿咯咯作响，可是担心让皮埃尔看出来。皮埃尔久久地打量着她。

"你美极了，"他点着头说，"遗憾，真遗憾！"

他迅速地伸出手，轻轻地摸着夏娃的耳朵。

"我美丽的守护神！你让我有点不自在，你太美了。这让我分心。若不是要回顾的话……"

他不说了，只是惊奇地望着夏娃。

"不是那个字。想起来了……想起来了，"他泛泛地笑了笑说，"那个字就在嘴边……而这个字却代替了它……我忘了刚才对你说什么了。"

他思索片刻，摇了摇头。

"得了，"他说，"我要睡了。"

他用一种童音补充道：

"你知道，阿加特，我累了。我的脑子已经不转了。"

他扔掉香烟，不安地望着地毯。夏娃在他头下塞了一个枕头。

"你也可以睡了，"他闭着眼睛对她说，"它们不会再来了。"

概　要

　　皮埃尔睡着了，脸上显示出一种诚实的微笑。他
歪着脑袋，仿佛想用脸颊亲自己的肩膀。夏娃不困，
她想："总而言之。"突然间，皮埃尔的脸色变得很
难看，那个长长的、白生生的字从他的嘴里冒了出
来。皮埃尔惊奇地朝前看了看，仿佛他看见了这个字
却又记不起来。他那软绵绵的嘴巴张开着，似乎他身
上有什么东西破碎了。"他嘟嘟哝哝地说了些什么。
这对他来说是头一回发生的事。而且，他自己也察觉
到了。他刚才还说脑子不转了。"皮埃尔发出一声快
感的呻吟，他的手做了一个轻微的手势。夏娃神色严
厉地望着他。"他将怎样醒过来？"这件事一直困扰
着她。只要皮埃尔一睡觉，她就得想到这个，她无法
克制自己。她害怕他醒来时两眼混浊，并且开始嘟嘟
哝哝。"我真蠢，"她想，"一年之内不会那样的，这
是弗朗肖说过的。"但是她仍然忧虑万分。一年，一
个冬天，一个春天，一个夏天和另一个秋初。有朝一

日，这些症状将会变得混乱一团，他的嘴巴将会合不拢，半睁着噙满泪花的双眼。夏娃俯向皮埃尔的手，贴上了她的双唇。"在这之前，我会把你杀死的。"

厄罗斯忒拉特*

~~~~~~~~~~

* 厄罗斯忒拉特，古希腊埃费兹人，他想用骇世惊俗之举使自己
   名传千古，便一把火烧掉了当地著名的阿尔忒弥斯神庙。

男人们，必须由上往下地看他们。我关了灯，来到窗边。他们甚至想不到有人竟能从上往下地观察他们。他们很注重自己的前面，有时也注重后面。但是他们精心筹划的全部效果，对于身高一米七〇的观众才能得到充分发挥。谁曾想过从七层楼往下看到的圆顶礼帽会是什么样子？他们忽视用鲜艳的颜色和耀眼的布料来捍卫自己的肩膀和脑袋，他们不会和来自人类的这个最大敌人——居高临下的透视——作斗争。我俯着身笑了。他们为之骄傲的了不起的"直立"姿态在哪里？他们朝着人行道把自己压扁，从肩下伸出两条长腿，仿佛在爬行。

我真该在这里，在七楼的阳台上度过我的一生。必须通过物质的象征来展示精神的优越，否则，它们便不复存在。可是，确切地说，我和人们相比，到底优越在哪里？除了位置上的优越，别无其他。我置身于我所属的人类之上凝视人类。我之所以喜欢巴黎圣母院的双塔、埃菲尔铁塔顶层的平台、圣心大教堂以及德朗布尔街上我的第七层楼，原因就在于此。这是些极佳的象征。

有时我也需要下楼来到街上，例如为了去上班。我会感到窒息。当人们和其他人处于同一水平时，要把他们当作蚂蚁就困难多了，因为他们能触动你。有一次我在街上看见一个已经死了的家伙。他面朝地倒着。人们将他翻过来，他流着血。我看到他睁开的双眼、古怪的表情以及满身的鲜血。我想："这没什么，并不比新上的油漆更刺激人。有人把他的鼻子涂成了红色，仅此而已。"但可恶的是，我感到双腿和颈部发软，晕了过去。他们把我带到一家药房，在我的肩上打了几巴掌，灌了我几口烈性酒。我真该杀死他们。

我知道他们是我的敌人，但他们不知道。他们互相爱护，互相帮助。对待我，他们也想随时助我一臂之力，因为他们以为我是他们的同类。但是，假如他们能够猜出极小一部分实情，便会揍我。而且，后来果然这样做了。当他们把我抓住，知道了我是何许人，就把我痛打了一顿。他们在警署把我打了两个小时，扇我的耳光，对我拳打脚踢。他们拧我的胳膊，撕我的裤子，最后把我的夹鼻眼镜扔在地上。我爬着在地上寻找眼镜的时候，他们踢我的屁股，还哈哈大笑。我早就预料到他们终归要揍我的。我并不强壮，无力自卫。有的人对我窥测已久，是那些大个子。他们在街上故意把我推推搡搡，为了取笑，也为了看看我的反应。我什么也不说，佯装不明白。然而他们毕竟把我制服了。我怕他们，这是一种预感。但你们一定会想，我憎恨他们还有更重要的理由。

从这个观点看来，自从我买了一把手枪之后，一切便容易多了。当人们身上经常带着这种能够爆炸并发生巨响的东西，便会感到自己十分强大。每星期日我都带着它，我把它放进裤兜，便出门散步去了，——一般总是去那些大马路。我感到它像一只螃蟹抓住我的裤子，感到它冰凉地贴在我的腿上。但是，由于紧挨我的身体，它渐渐暖热起来。我姿态僵硬地走着，活像一个正在勃起的家伙，每走一步路他的阴茎都会妨碍他。我把手伸进裤兜，摸了摸那东西。我不时走进公共便池——即使在那里我也十分注意，因为旁边常常会有人的——我取出手枪，把它掂量一番。我望着它那黑格子的枪托和那个像半闭着的眼皮的黑色扳机。别的人，那些在外面看见我叉开的双脚和裤腿的人，以为我在那里小便。其实我从不在公共便池里小便。

一天晚上，我突发奇想，要朝别人开枪。那是个星期六的晚上。我出门去寻找莱雅。她是在蒙巴那斯大街上一家旅馆前拉客的一个金发姑娘。我从未和女人有过亲密的关系，因为那样我会觉得遭到了打劫。人们骑在她们身上，那是事实。但是她们会用毛茸茸的大嘴吞噬你的下腹。而且我听别人说，是她们——肯定如此——在这宗交易里赚了。我对任何人一无所求，但也不愿有任何付出。不然，我情愿要一个冷漠而恭顺的女人，她将厌恶地承受我的发泄。每月的第一个星期六，我和莱雅来到迪凯讷旅馆的一个房间。她脱光衣服，我便盯着她看，但是并不碰她。有时候，在我裤裆里自己流了；有时候我便赶回家里自己射完。那天晚上，我没有在她的位置上找到她。我等了一会儿，没看见她来。我想她大概得了流感。那时正是一月初，天气很冷。我很沮丧。我是个富有想象力的人，因而强烈地记起那天晚上想要获得的那种快感。在敖德萨大街上有一个褐发女人，我常注意到她。她年龄稍大了一些，但是长得结实丰满。我并不讨厌成熟的女人，因为她们脱光衣服时，似乎比别的女人更加裸露。但是她并不了解我的习惯，直截了当地把这个告诉她，我还有点发怵。此外，我对新认识的人总是不大放心。那种女人很可能把一个流氓藏在哪扇门背后。等你们干完事，那家伙便会突然冒出来，抢你的钱。他若不对你拳打脚踢，那便谢天谢地了。然而，那天晚上我有一种莫名其妙的勇气。我决定回家取我那把手枪，然后出门去冒险。

一刻钟后我找到那个女人时，我的武器就在自己的衣兜里。我什么也不怕了。我面对面仔细打量她时，她那副样子很凄惨。她很像我对门的邻居，那个军士的老婆。我很满意，因为很久以来我一直想看看那个女人脱光了是个什么样子。军士不在家时，她总是开着窗户穿衣服。我常常躲在窗帘后面窥视她。但是她在屋子里头梳妆打扮。

斯泰拉旅社只剩下五楼的一个空房间。我们上去了。那女人相当笨重，每登一级楼梯便要停下来喘口气。我却很轻松自如。尽管我的肚子已微微突出，但整个身子仍相当干瘦，得爬四层楼以上才会气喘。在第五层楼，她停了下来，右手按着胸口，呼吸急促。她左手拿着房门钥匙。

"真高。"她边说边对我笑了笑。

我没有回答，从她手里夺过钥匙，打开了房门。我左手紧握手枪，它在我的衣兜里直瞄准前方，直到把门打开我才松开它。房间里空空荡荡。洗脸池上放了一小块绿色香皂，是给过夜的人用的。我笑了笑，因为对我来说，那些坐浴盆和一块块小小的香皂都没有多大用处。那女人一直在我的身后喘气，这刺激着我。我转过身去，于是她便把双唇向我伸了过来。我推开她。

"把衣服脱光。"我对她说。

有一张绒绣椅面的安乐椅，我舒舒服服地坐了下来。正是在这种情况下我遗憾自己不抽烟。女人脱掉连衣裙，然后停住了，向我投来一瞥不信任的目光。

"你叫什么名字？"我边问边向后仰。

"勒内。"

"那好，勒内，你快一点，我等着呢。"

"你不脱衣服？"

"得了，得了，"我对她说，"你别管我。"

她让裤子落在脚下，然后拾起它，把它和胸罩一起小心翼翼地放在连衣裙上。

"亲爱的，你难道是个小坏蛋，小懒鬼？"她问，"你样样都要你的小情人来做吗？"

说着，她向我走来，双手搁在安乐椅的扶手上，笨重地想要跪在我的两腿之间。但是我粗鲁地把她拉了起来。

"别这样，别这样。"我对她说。

她惊奇地望着我。

"可是你要我做什么呢？"

"什么也不必做。你走走步，在房间里转转，我只要求你这一点。"

她开始笨拙地来回走步。当女人全身裸露时，再没有比要求她们走步更使她们为难的了。她们不习惯脚跟着地走路。那婊子驼着背，垂着双臂。我却在那里狂喜。我安稳地坐在安乐椅里，穿得严严实实，甚至连手套也没有摘。而这个上了点年纪的女人则听从我的命令，光着身子开始在我的周围打转。

她扭头看着我，为了保全面子，还对我发出媚笑。

"你觉得我美吗？你大饱眼福了吧？"

"你别管。"

"喂，"她突然愤怒地问我，"你想让我这个样子走好久吗？"

"你坐下吧。"

她坐在床上，我们两人面面相觑。她在起鸡皮疙瘩。听得见墙那边一个闹钟的嘀嗒声。我忽然对她说：

"把你的双腿叉开。"

她迟疑片刻，后来照办了。我望着她两腿之间的那个部位，并且用鼻子嗅了嗅。然后我便哈哈大笑起来，笑得眼泪都流出来了。我只是对她说：

"你明白吗？"

我又笑起来。

她惊愕地看着我，接着便满脸涨得通红，把双腿并拢了。

"浑蛋！"她咬牙切齿地说。

但是我笑得更加厉害了。于是她猛地站了起来，从椅子上拿起胸罩。

"喂，我对你说，还没完呢。一会儿我会给你五十法郎的，但是我花了钱得有所值啊。"

她烦躁地拿起裤子，对我说：

"我不干了，你懂吗！我不知道你到底想干什么。假如你让我上楼来是为了嘲弄我的话……"

这时我拔出手枪，给她看了看。她认真地看了我一眼，什么也没说，手里的裤子又掉在了地上。

"接着走，"我对她说，"来回地走。"

她又来回走了五分钟。然后我把手杖递给她，要她拄着手杖走路。当我感到我的底裤已湿，便站了起来，递给她一张五十法郎的票子。她收下了。

"再见，"我说，"我付这个价钱没有让你太受累吧?"

我走了，把她一人赤身裸体地留在了房间中央。她一手拿着她的胸罩，一手拿着那张五十法郎的票子。我并不惋惜花掉的这份钱。我把她弄得目瞪口呆，而婊子是不会轻易惊呆的。我一边下楼一边想："这就是我想要干的，让他们大家都惊呆。"我快活得像个孩子。我拿走了那一小块绿香皂，回到家里在热水下久久地搓着它，直到它在我的手指间变成了薄薄的一小片，像一块被吮了很久的薄荷糖。

但是这天夜里我惊醒了，我又看见了她的面孔，当我向她表现出情欲时她的目光，以及她每走一步时抖动着的肥胖肚子。

我真笨，我想。我感到一种苦涩的懊恼。我在那里的时候，真该向她开枪，把她的肚子打得千疮百孔。那一天和以后三天的夜里，我都梦见她肚脐周围一圈有六个红色的小洞。

　　以后我每次出门都必带手枪。我看着人家的后背，并且根据他们的举止发挥想象，假如我向他们开枪，他们将会以怎样的姿势倒下。每星期日，我都要去沙特莱剧院门前古典音乐会的出口处。将近六点钟，我听到一阵铃响，那些女引座员便前来打开玻璃大门并且用钩子把它们固定住。这是开始，人群缓慢地从里面出来。那些人走起路来有点摇摇晃晃，眼里还充满了幻想，心中仍满怀着美好的感情。许多人用惊奇的眼光注视着周围，在他们的眼里街道大概成了一片蓝色。于是他们神秘兮兮地笑了，仿佛从一个世界来到另一个世界。正是在这另一个世界，我等着他们。我早已把右手伸进衣兜，竭尽全力握住枪柄。过了一会儿，我觉得自己正在向他们开枪。我朝他们猛烈地扫射，他们一一倒下，后者趴在前者的身上；而那些惊恐万状的幸存者，则慌忙往剧院里退去，把玻璃大门都挤碎了。这是一种很费劲的游戏，最后我的双手发抖，我不得不去德雷埃酒吧喝了杯白兰地才恢复过来。

女人，我并不杀死她们。我只是朝她们腰部开枪，或是朝她们的腿肚子开枪，为的是让她们跳起舞来。

我还没有拿定任何主意，但是我决定什么都干，仿佛自己的主意已定。我先解决一些细节问题。我去当费尔-罗什罗集市的一个靶场练习。纸板靶子上我的成绩并不出色，但是活生生的人却提供了宽阔的靶子，尤其在近距离向他们开火时更是如此。接着，我为此进行了宣传。我选定全体同事都在办公室的一天，一个星期一的早上。虽然我很讨厌和他们握手，但是出于原则，我对他们表现得相当友好。他们摘下手套互致问候。他们沿着手指慢慢褪下手套，渐渐露出那片肥胖和皱巴巴的手掌，那样子十分猥亵。我是从来不摘手套的。

星期一早上没有什么要紧的事。销售处的女打字员刚给我们送来了收据。勒梅西埃友善地和她开玩笑。她出去后，他们那些人就以行家的姿态分析她的魅力所在。接着他们又谈起了兰伯①。他们都喜欢兰伯。我对他们说：

~~~~~~~~~~~~~~~~

① 兰伯，美国飞行员，曾于一九二七年独自驾机飞渡大西洋。

"我喜欢黑色英雄。"

"黑人吗?"马塞问道。

"不,是指黑魔法①这个词里黑的意思。兰伯是一位正派英雄,我对他不感兴趣。"

"你去看看,横渡大西洋容易吗!"布克森酸溜溜地说。

我向他们陈述了我关于黑色英雄的看法。

"一个无政府主义者。"勒梅西埃概括道。

"不,"我态度温和地说,"无政府主义者以自己的方式喜欢别人。"

"那他就是一个精神不正常的人。"

但是,这时候肚里有点墨水的马塞开了腔。

"我知道你说的那个家伙,"他对我说,"他叫厄罗斯忒拉特。他想成名却找不到更好的办法,便一把火烧掉了世界七大奇迹之一的埃费兹神庙。"

"这座神庙的建筑师叫什么名字?"

"我记不起来了,"他承认,"我甚至觉得人们并不知道他的名字。"

———————————

① 黑魔法,法语原文 magie noire 是一个复合词,形容词 noire 在这里的意思为邪恶的、丑恶的、卑劣的。

"是吗？那你记得住厄罗斯忒拉特的名字吗？你看，他估计得不错吧。"

谈话到此为止，我的心里很舒坦。到时候他们会想起这次谈话的。在这之前，我从未听说过厄罗斯忒拉特，他的故事使我很受鼓舞。他已去世两千多年，但是他的英雄业绩如同一颗黑色的钻石仍在熠熠生辉。我开始相信，我的命运将短暂而悲惨。起初我很害怕，后来慢慢习惯了。如果以某种方式来看待这个问题，那是残忍的；但从另一个角度看，却能立即带来巨大的力量和无限的美好。当我下楼走到街上，便感到身上有一股奇异的力量。我身上带着手枪，这个能爆炸并发出声响的东西。但我已经不是从它那里，而是从自己身上获得安全感了。因为我是一个和手枪、鞭炮以及炸弹同类的人。我也如此，有朝一日在我凄惨的生命终结之时，我将会爆炸，将会像镁光一样以强烈而短促的光辉照亮世界。那个时期，我往往连着几夜做着同样的梦。我梦见自己是个无政府主义者，站在沙皇的必经之路上，我身上带着一个爆炸装置。正在那时，队伍过来了，炸弹随即爆炸。在众目睽睽之下我和沙皇以及三名身穿镶有金线绦子制服的军官一起炸得血肉横飞。

现在我已经好几个星期不去上班了。我常到大马路上去，在我未来的牺牲品当中溜达；或是关在自己房间里制订计划。十月末我被解雇了。于是我利用闲暇起草了下列信件，并且抄写了一百零二份。

先生：

您久负盛名，您的大作印制了三万份。让我来告诉您其原因所在。这是因为您热爱人们。在您的血液里流淌着人道主义，这就是福分。只要与人为伍，您便兴高采烈。您一见到自己的同类，即便不认识，也会对他产生亲切感。您对他的身体、他的活动方式、他那开合自如的双腿，尤其是他的双手——每只手有五个指头，拇指可以和其他指头对立——都很感兴趣。您的邻座从桌上拿起一只杯子，您便兴味盎然，因为有一种您在著作里经常描写的人类特有的拿东西的方式，它不如猴子的方式灵巧迅捷，但是远比猴子的方式聪明，您说对不对？您也喜欢人类的肉体，喜欢他那种接受再训练的重伤病人的举止，他那每走一步都在重新创造步态的神情以及连猛兽都承受不了的那种不寻常的眼光。因此，您轻而易举地找到了适合于和人类谈论人类的语调：

一种既婉转又狂热的语调。人们贪婪地争相阅读您的作品，他们坐在舒适的安乐椅里读着，思考着您给他们讲述的审慎而不幸的伟大爱情，这使他们在许多方面都得到了慰藉，例如长得丑陋、生性怯懦、被戴绿帽子以及年初没有加薪等等。因此，人们乐于说您的最新一部小说写得实在好。

我猜想，您一定很想知道一个不热爱人类的人会是什么样的。那么让我来告诉您，我就是这样的人。我非常不爱人类，一会儿我将要去杀死五六个人。您也许会想，为什么只是五六个呢？因为我的手枪只有六颗子弹。这是一桩极端残酷的事，对吗？而且，这纯粹是一桩非政治性事件，对吗？但是我告诉您，我不能爱他们。我非常理解您的感受。但是，他们身上吸引您的东西恰恰让我反感。我跟您一样，曾见过一些人两眼半开半闭，左手翻阅着一本经济杂志，同时还在有节制地咀嚼着。如果说我宁肯看那些海豹进餐，难道这是我的错吗？人类的面孔除了做出表情，其他什么用处都没有。他们闭着嘴咀嚼时，他们的嘴角一上一下，仿佛不停地从安详宁静转换到悲戚惊讶。我知道您喜欢这个，您管这个叫思维的觉醒。但我却讨厌这个，我也不知为什么，我生来如此。

假如我们之间只有兴趣的差异，那我便不会来打扰您。但是发生的一切都仿佛表明您很风雅而我却完全不是。我能随心所欲地喜欢或不喜欢美国式的龙虾；但是如果我不喜欢人类，我便是一个浑蛋，阳光底下便没有我的位置。他们夺走了生命的含义。我希望您能明白我想说的意思。三十三年来，我到处碰壁。在那些紧闭的大门上写着"非人道主义者不得入内"。我从事的一切，不得不都放弃了。我必须做出抉择：或者是一种荒谬并受到谴责的企图，或者必须让这种企图早晚转化为对他们有利。那些我并非故意针对他们的思想，我无法予以摆脱，也无法使之明确，因为它们仿佛是存在于我身上的一些器官的轻微运动。我使用的那些工具，我觉得是属于他们的，例如词语。我想要属于我自己的词语。但是我所掌握的词语已经在不知多少的意识里存在过了。它们根据在别处形成的习惯自行在我的脑子里排列起来，而我用它们来给您写信不无勉强。但这是最后一次了。我告诉您：必须喜欢人类，或者起码是他们允许你反弹。而我呢，我不愿意反弹。一会儿我将拿起我的手枪走上街头，我要看看能不能做成一件反对他们的事情。再见了，先生，也许我将遇到的正是您。您永远不会知道，我把您的脑袋打开花将会有多么高兴。否则——这是最可能发生的情况——您就读读明天的各大报纸。您将会看到，有一个叫保尔·希尔贝的家伙，狂怒之下在埃德加·基奈大道一举打死了五名过路人。您比任何人都清楚那些大报纸上登载的文章价值如何。因为您明白我并非"发怒"，相反，我很镇静。先生，请接受我最崇高的敬意。

保尔·希尔贝

我把这一百零二封信装进信封，在信封上写了一百零二位法国作家的地址。然后我把这些信和六沓邮票一起放入一个抽屉。

此后的半个月里我很少出门。我渐渐让我的罪行缠住了身。在我有时前往自我观察的镜子里，我喜悦地发现了自己面部的变化。我的眼睛变大了，它们占据了整个面孔。它们在夹鼻眼镜后面显得又黑又柔和，我使它们像星球一样旋转起来。这是艺术家和杀人犯的漂亮眼睛。但是我打算在屠杀完成之后变化得更加深刻。我见过那两个美丽少女的照片。那是两个杀死并洗劫了自己女主人的女仆。我见过她们在事件之前和之后的照片。之前，她们的面孔像清纯的花朵在凸纹布衣领上来回摆动。她们身上透着健康和诱人的诚实。一副普通的铁夹把她们的头发烫得如此鬈曲。比她们的鬈发、她们的衣领以及她们在照相馆里的神情更为肯定的是，她们两人姐妹般地相像，她们俩如此善良地相像，因此立刻突出了家庭成员之间的血缘关系和自然根基。之后，她们的面孔像火烧一样容光焕发，她们的脖子像未来死刑犯一样赤裸。脸上到处是皱纹，因惧怕和憎恨造成的可怖的皱纹，还有许多褶子和小洞，仿佛一头猛兽带着利爪在她们的脸上肆虐过。她们的眼睛，依然大而乌黑深邃——和我的一样。然而，它们却不再相像了。每人都以自己的方式记忆着她们那桩共同的罪行。我想："假如由于极偶然的原因犯了一次重罪便能如此改变这两个在孤儿院里长大的姑娘，那么从一桩由我本人策划和组织的罪行中我还有什么不能指望呢？"它将会控制我，搅乱我那过分人性化的丑陋……犯罪，它能把人的生命一分为二。大概有些时候人们会希望后退，但是它这种闪闪发光的矿物就在那里，在你的后面，挡住你的退路。我只要求有一个小时来享受我的罪行，体验它那巨大的压力。这一个小时，我将安排得十分周全，使它完全为我所用。我决定在敖德萨大街的上方动手。我将趁人们惊恐万状之际溜之大吉，让他们待在那里收拾同伴的尸体。我将拼命奔跑，穿过埃德加-基奈大道后，便迅速转入德朗布尔大街。只需要三十秒钟的时间我便能回到我居住的那幢大楼的门口。这时候，追捕我的那些人还在埃德加-基奈大道上呢。他们失去了我的踪迹，起码需要一个多小时才能重新找到它。我将在家里等着他们，当我听到他们敲门时，我将在手枪里重新压上子弹，随后朝自己的嘴里开枪。

　　我生活得更加阔绰。我和瓦万街上的一家餐馆老板商定，由他每天早晚派人给我送来一些可口的饭菜。送餐人按响了门铃，我不开门。等了几分钟后我便把门微微启开，看见地上一只长篮子里放着满满几盘热腾腾的菜肴。

　　十月二十七日晚六时，我只剩下十七法郎五十生丁。我拿起手枪和那一大包信件下了楼。我特意不把门关上，以便干完事尽快回家。我的感觉不太好，双手冰凉，血液直往上涌，两眼发痒。我看了看那些商店、学校街旅馆以及我经常去那里买纸笔的文具店，但是我不认得了。我纳闷："这条是什么街？"蒙巴那斯大道上行人熙熙攘攘。他们挤我，推我，用肘和肩搡我，我跌跌撞撞，任凭他们推搡，无力在他们中间穿行。我突然发现在这汪洋大海的人群之中，自己极其孤独和渺小。假如他们愿意的话，他们是完全可以把我狠揍一顿的。我由于衣兜里的那把枪，心里很害怕。我觉得他们就要猜到枪在我的口袋里。他们将会用严厉的目光盯着我，然后一面用他们那人类的爪子抓住我，一面又气愤又高兴地叫喊："嗨，抓住了……抓住了……处死他！"他们将把我高高抛起，然后我便像一只木偶般掉到他们的怀里。于是我断定，我的计划推迟到明天实施是明智的。我前往圆顶酒家吃了一顿十六法郎八十生丁的晚餐。还剩下七十生丁被我扔进了阴沟。

我接连三天待在房间里不吃也不睡。我放下了百叶窗，既不敢走近窗口，也不敢开灯。星期一，有人拼命地打铃叫门。我屏住呼吸等待。一分钟后，门铃又响了。我踮着脚尖走到门边，把眼睛贴在锁眼上。

我只见到一片黑布和一个纽扣。那家伙再次按响门铃，后来便下楼去了。我不知道他是谁。夜里，我出现了幻觉，形象相当新鲜，有棕榈树、流水和穹顶之上紫色的天空。我不渴，因为每隔一小时我便去洗碗池的水龙头饮水。但是我饿。我又见到了那个褐发妓女，是在一座城堡里。这城堡是我在远离任何村落的黑喀斯高原上建造的。她赤身裸体，单独和我在一起。我用手枪威逼她跪在我面前，用四肢奔跑；然后我把她绑在一根柱子上，用很长时间向她解释了我要做的事情之后，便向她开枪，把她打得遍体开花。这些画面撩得我心乱如麻，不能不感到满足。之后，我一动不动地待在黑暗之中，脑子里一片空白。家具开始发出嘎嘎声响。这时，正是清晨五点钟。我随时都能离开房间，但此时我不能下楼，因为街上有很多人在行走。

天亮了。我不再觉得饿，但是我开始流汗，把衬衫都汗湿了。外面阳光灿烂。于是我想："在一间紧闭的房间里，他蜷缩着躲藏在黑暗之中。三天来，他没吃也没睡。有人敲门，他没有开门。过一会儿，他将上街，他将去杀人。"我把自己搞得很害怕。晚上六点钟，我又感到饿，我气坏了。有一会儿，我撞在了家具上。于是我把各个房间、厨房和卫生间的灯全都打开。我声嘶力竭地唱起歌来，我洗了洗手便出门了。我用了足足两分钟才把所有的信塞进了邮筒。我把信捆成十封一扎。我大概弄皱了一些信封。然后我沿着蒙巴那斯大道一直走到敖德萨大街。我在一家衬衫店的镜子前停下脚步。当我看见镜子里自己的面孔时，我想："就是今晚了。"

我守候在敖德萨大街上方离路灯不远的地方，等待着。两个女人走了过来。她们手挽着手。那金发女人说：

"他们在所有的窗户上都挂了地毯，而且是当地的贵族们扮演了群众角色。"

"他们头上都扑了粉吗？"另一个女人问。

"要接受一份每天挣五个金路易①的工作，并不需要在头上扑粉。"

"五个金路易！"棕发女人赞叹地说。

在走近我的时候，她补充道：

"而且我想，他们穿上自己祖先的服装一定会感

_____

① 金路易，第一次世界大战前法国使用的钱币。一个金路易相当于二十法郎。

到很好玩。"

她们走远。我很冷，但是我在大量出汗。过了一阵，我看见三个男人走过来。我让他们过去了，因为我需要六个人。走在左边的那个人看了我一眼，并且把他的舌头弄得啧啧作响。我转过头去。

七点五分，两组挨得很近的人从埃德加－基奈大道方向走了过来。有一男一女带着两个孩子。他们的后面紧跟着三个老妇人。我向前跨出一步。那个女人似乎在发怒，使劲地摇晃着小男孩的手臂，男人则带着拖腔说：

"这孩子也很讨厌。"

我的心在怦怦直跳，致使两臂发疼。我朝前走去，站在他们面前，纹丝不动。我的手指在口袋里软软地扣在扳机上。

"劳驾。"那个男人把我推开说道。

我记得自己关上了房门，这使我很恼火，因为开门要花费宝贵的时间。人们都走远了。我转过身去，机械地跟在他们后面。但是我已经不想朝他们开枪了。他们消失在马路上的人群中，我则靠在了墙上。我听见敲响了八点钟，后来又敲响了九点钟。我不停地自言自语："为何要去杀死这些已经死了的人呢？"

我想笑。这时，忽然有一条狗前来嗅我的脚。

当那个大胖男人从我面前走过时，我惊跳起来，并且立即跟随其后。我看见了他那圆顶帽和大衣领之间红色颈项上的皱纹。他走起路来有点左右摇摆，呼吸重浊，样子很健壮。我拔出手枪。此人颇为引人注目但却冷若冰霜。这使我很反感。我记不清该怎么办。我一会儿朝他全身看看，一会儿盯着他的颈项。他颈项上的皱纹在向我微笑，仿佛一只开口微笑但又苦涩的嘴。我在考虑是否要把手枪扔到阴沟里去。

突然间，那个家伙转过身来，怒气冲冲地望着我。我后退了一步。

"我是想……问您……"

他不像在听我，却望着我的双手。我费劲地说完了下面这句话：

"您能不能告诉我盖泰街在哪里？"

他的脸盘很大，双唇在发抖。他什么也没说，只是伸出了手。我再次后退，并对他说：

"我想……"

这时候，我知道我要开始大声叫嚷了。我不愿意喊。于是我向他开了三枪。他白痴似的跪倒在地，脑袋垂在了他的左肩上。

"坏蛋，"我对他说，"十足的坏蛋！"

我逃跑了。我听见他在咳嗽。我还听见人们的叫喊声和我身后人们追赶的脚步声。有人问："怎么回事，他们在打架吗？"紧接着大家便喊了起来："抓住杀人犯！抓住杀人犯！"我不觉得这些叫喊声与我有关。但是在我的孩提时代，我觉得这种喊声很凄惨，像消防队的警报声，既凄惨又有点可笑。我的两腿拼命地往前跑。

不过我犯了一个不可饶恕的错误：我没有沿着敖德萨大街的上方朝埃德加-基奈大道跑去。相反，我却沿着它的下方朝着蒙巴那斯大道跑去。到我察觉自己的失误时，为时已晚。我已经被人群包围在正中央，一张张惊讶的面孔都朝着我看（我还记得一个戴了顶有羽饰的绿色帽子、浓妆艳抹的女人的面孔），我听见敖德萨大街上那些蠢货在我的身后高喊抓杀人犯。有一只手搭在了我的肩上。于是，我不知所措了。我不愿意在这人群中窒息地死去。我又开了两枪。人们立即叫嚷起来，如鸟兽般地散开了。我奔进了一家咖啡馆。我所经之处，那些顾客纷纷起立，但是并不试图抓住我。我穿过整个咖啡馆，一直走到尽头的洗手间，把自己关在了里面。我的手枪里还剩下一颗子弹。

又过了一阵。我不停地喘息，上气不接下气。一切都变得异常安静，仿佛人们故意不出声响。我把枪举到眼前，看见了它那又黑又圆的小洞。子弹将从它那里出来，火药会把我的脸面烧毁。我放下了胳膊，等待着。过了一会儿，他们蹑手蹑脚地过来了。从他们脚步擦地的声音来判断，他们该是一大群人。他们悄声说了些什么，然后又是一片寂静。我却一直在喘气，我想他们在隔墙的那一边也听得见我的喘息声。有人在轻手轻脚地向前走，摇了摇门把，他大概紧贴着墙，以避开我的子弹。我仍然想开枪，但这是最后一颗子弹，是留给我自己的。

"他们在等什么？"我思索着。假如他们扑上门来，把它撞开，那么我马上就没有时间向自己开枪，他们便会把我生擒了。但是他们并不着急，想让我自行死去。这些浑蛋，他们害怕了。

过了一阵有人喊道：

"喂，开门吧，我们不会伤害你的。"

又是一片寂静。随后，同一个人再次说道：

"你很清楚，你是逃不掉的。"

我仍然气喘吁吁，没有回答。为了鼓励自己开枪，我对自己说："假如他们把我抓住，他们便会打我，砸碎我的牙齿，也许还要挖掉我的一只眼睛。"我很想知道那个家伙是否死了，可能我只是打伤了他……而另外两颗子弹也许没有打中任何人……他们是否正在地板上拖一件重东西？我赶紧把枪口塞进嘴里，牢牢地咬住它。但是我不能开枪，甚至连手指都不能放到扳机上去。一切又重归寂静。

　　于是我扔下手枪，给他们打开房门。

床第秘事

一

吕吕习惯裸睡，因为她喜欢让床单抚弄自己，而且洗衣服是很花钱的。起初亨利激烈反对，因为不能赤身裸体地躺在床上，不能这样做，这是肮脏的。他最终还是学了老婆的样子，不过对他来讲这是一种放任。有客人来访时，他像木桩一样笔直，很有风度（他欣赏瑞士人，尤其是日内瓦人。他觉得他们有派，因为他们像木头人）。但是他不拘小节，例如不太讲卫生。他不常换底裤。吕吕把他换下的底裤扔到脏衣服堆里时，总不免要看看裤底由于经常擦着股沟有没有那摊黄颜色。吕吕并不怕脏，因为那样显得更亲切，会有一些柔和的影子，比如胳膊肘弯处。她不喜欢那些英国人，那些没有任何气味的、无个性的身体。但是她讨厌丈夫的不拘小节，因为那是他娇惯自己的方式。每天早上他起身时对自己总是十分温柔，满脑子的幻想。但是灿烂的阳光、冷水和刷子上的鬃毛，便会粗暴地把他拉回到现实中来。

吕吕仰面躺着，她把左脚的大拇指伸进了床单缝里。那不是一道缝，而是一处开线的地方。这让她很恼火。我明天得把它补一补了，她想。但是她仍然拉了拉线，直到把它们拉断。亨利还没有睡着，但是他不再妨碍别人了。他常对吕吕说，一旦闭上眼睛，他便会觉得被又细又结实的绳子捆绑住，甚至连小指头也抬不起来了。一只大苍蝇被裹进了蜘蛛网。吕吕喜欢感觉到自己身边躺着这个被俘的巨大身躯。假如他能这样瘫痪了，就得由我来照料他，把他像孩子般说一说，有时还得给他翻身，可以在他屁股上打几下。有时候他母亲来看他时，我会找个借口让他暴露，我将把被子拉下，他母亲便会看到他赤裸裸地躺在那里。我想她会吃惊得跌倒在地的。大概有十五年她没有见到他这个样子了。吕吕的一只手轻轻地放在丈夫的臀部，在他的腹股沟里捏了一把。亨利咕哝一声，但是没有动弹。无能为力了。吕吕笑了。"无能"这个词总会令她发笑。当她还爱着亨利，并且他这样瘫痪般躺在自己身边的时候，她常常以想象来自娱。在想象中，她仿佛看到他被一些非常小的小人耐心地捆绑起来。那些小人就像她小时候读格列佛①的故事时在一幅画面上看到过的那样。她经常管亨利叫"格利佛"。亨利喜欢这样，因为这是个英文名字，而且这样吕吕显得很有学问。但是他更喜欢吕吕读这个名字时带点英国腔。这真让我恼火。假如他想要一个有学问的人，只需娶珍妮·比德便是了。她的胸脯像号角一样又尖又高，但是她会五种语言。那时候，每星期日我们都要去苏镇②，在他家里我觉得无聊至极，于是我随便拿起一本书。总会有人过来看看我读的是什么书。他妹妹问我："你懂吗，吕西？……"问题是，他觉得我不够高雅。瑞士人，是的，只有他们才是高雅之士，因为他姐姐嫁给了瑞士人，而且他让她生了五个孩子，以后他们便像大山似的压在了她的身上。而我是不能生育的，这是先天的。但是我从不认为他做的事高雅。每当他和我一起外出，他总是不断地去小便池，我不得不浏览商店橱窗等着他。我成什么样子了？他从小便池出来时，总是提着裤子，像老

① 格列佛，英国作家斯威夫特的《格列佛游记》中的主人公。
② 苏镇，巴黎近郊一风景胜地。

人一样弯曲着双腿。

吕吕把大拇脚趾从被缝中抽出，抖动几下双脚，以便在这具被俘的柔软身躯旁感受到灵巧的乐趣。她听见了咕噜声，这是肚子里发出的声响。这使我很恼火，我从来弄不清这是他的肚子还是我的肚子发出的声音。她闭上眼睛。这是液体在许多软管里流动的声音。人人身上都有这种声响。丽蕾特身上，我的身上都有(我不喜欢想这种事，想起它我会肚子疼)。他爱我，却不爱我的肠子。假如把我的阑尾放在大口瓶里给他看，他是认不出来的。他经常不断地在我身上抚摸。但假如把那只大口瓶放在他手里，他将什么感受都没有，他绝不会想"那里面是她的东西"。应该能够爱一个人的一切，包括他的食道、肝和肠子。也许人们因为不习惯而不爱它们。假如他们像看见我们的手和臂一样经常看见它们，也许会爱上它们的。这样看来，海星大概比我们更加互敬互爱，因为天气晴朗时它们便躺在海滩上，吐出自己的胃部透透空气，而且大家都能看得见。我在想，从什么地方我们能把自己的胃吐出来呢，从肚脐那里？她闭上了眼睛，那些蓝色的圆盘像在游乐场那样开始旋转起来。昨天我用橡皮箭射向那些圆盘，每中一箭便亮起一个字母，它们组成一个城市的名称。由于他像惯常那样在身后抱住我，使我未能得到第戎（Dijon）的全名。我讨厌别人在后面碰我，我希望自己没有后背。我不喜欢在我看不见的时候别人对我搞点什么名堂。他们要为此付出代价的。我看不见他们的手，只觉得手在上上下下，也不知它们将伸向何方。他们都在瞪大眼睛看着你，而你却看不见他们。他就喜欢这样。亨利从来没有这样想过，但是他只想待在我的身后。我肯定他是故意摸我臀部的，因为他知道我为自己有一个臀部而感到羞愧万分。当我感到羞愧时，他便亢奋不已。但是我不愿想他（她害怕了），我愿意想丽蕾特。她每晚在同一时刻，即亨利开始咕哝和呻吟时就要想起丽蕾特。但是有一种抗拒力，另一个人也想极力表现自己。甚至有一会儿，她还见到了短而鬈曲的黑发，于是她觉得这一下行了。她全身打战，因为不知道将会发生什么。假如是面孔，那行，还过得去。但是有几天夜里，由于想起以前那些不愉快的往事，她竟然未能合眼。当人们了解一个男人的一切时，那是很讨厌的，尤其是这个。亨利却不是这样，我能把他从头到脚地想象出来。这使我感到很温馨，因为他很柔软，除了肚皮是玫瑰色的，其余的肉体都是灰色的。他说一个身材好的男人坐着时，肚子上有三道皱纹；可是他的肚子却有六道皱纹。只不过他两道两道地数着，而且他不愿意看别人的。想到丽蕾特时，她感到有点恼火。"吕吕，你可不知道优美的男人身体是什么样子的。"笑话，我当然是知道的，我知道是什么样子的。她说的是那种肌肉发达，像石头一样坚硬的身板。我可不喜欢这种身材。帕特森的身体便是如此。当他把我搂在怀里时，我觉得自己软弱得像条毛毛虫。我之所以嫁给亨利，那是因为他的身体柔软，因为他像个本堂神甫。那些穿着法衣的本堂神甫柔软得像女人，而且他们似乎穿着长袜。我十五岁那年，曾想轻轻撩起他们的长袍，看看他们身上男人的膝盖和底裤。我觉得他们两腿之间有点什么东西很是奇怪。我很想一只手抓住他们的袍子，另一只手在他们腿上轻轻地滑动，一直伸到我想的那个地方。我对女人就不是这么喜欢，但是长袍下面男人的那东西很柔软，像一朵大花。问题是，人们从来不能把这玩意儿捧在手里，因为它不能乖乖地待在那里。它会像一头野兽般躁动起来，变得坚硬。这让我害怕。当它坚挺起来，笔直往上翘时，那是很粗鲁的。因为做爱是一件肮脏的事。我爱亨利是因为他那小玩意儿从来硬不起来，它那小脑袋从来挺不起来。我笑它，有时还吻它，我不怕它，比小孩的玩意儿更不怕。每天晚上，我用手指捏住他那柔软的小玩意儿，他脸红了，并且叹着气转过头去。但是这小东西不动弹，它乖乖地待在我的手里，我并不捏得很紧。我们就这样长时间地躺着，他便渐渐入睡了。于是我仰躺着，想起了本堂神甫，想起一些纯洁的事和女人。我先是抚摩自己的肚子，我那扁平和美丽的肚子。然后双手往下伸，一直往下，于是便产生了快感。这是只有我自己才能给予的快感。

天生短而鬈曲的头发，黑人的头发。焦虑像一颗小球哽在喉头。但是她紧闭眼皮，后来终于出现了丽蕾特的耳朵，一只暗红色金光灿灿的小耳朵，样子像一块冰糖。看见它，吕吕不像往常那样高兴，因为她同时听见了丽蕾特的声音。这是一种尖厉和清晰的声音，吕吕很不喜欢。"我的小吕吕，你应该和皮埃尔一起走。这是你要做的唯一一件聪明事。"我对丽蕾特很有好感，但是当她摆出一副神气活现的样子并且对自己说的话十分得意时，我就有点恼火。前一天在圆顶酒家，丽蕾特通情达理并略带惊慌地对我说："你不能再和亨利在一起，因为你已经不再爱他。否则，这是在犯罪。"她从不放过机会说他的坏话，我觉得这样做很不友好，因为他一向对她很友善的。我不再爱他，这是可能的，但是轮不到丽蕾特来对我说这个。和她在一起，一切似乎既简单又容易：相爱或不再相爱。可是对于我，事情却不那么简单。首先，这里有我的习惯。其次，我很爱他，这是我的丈夫。我真想揍她一顿，我一直想伤害她，因为她很胖。"那将是犯罪。"她举起胳膊，我看见了她的腋窝。当她两臂光光的时候，我更喜欢她的腋窝了。腋窝。它半开着，仿佛是一张嘴。这时吕吕看见了淡紫色的肉体，在拳曲的腋毛底下稍微有点皱纹，那腋毛就像头发。皮埃尔管她叫"丰满的密涅瓦[1]"，她一点都不喜欢这个称呼。吕吕笑了笑，因为她想到了小弟弟罗贝尔。有一天她身上只穿着连衫衬裙。他问她："为什么你的腋窝里有头发？"她答道："这是一种病。"她很喜欢当着小弟弟的面穿衣服，因为他总有一些奇奇怪怪的想法。真不明白他的这些想法是从哪里来的。吕吕所有的东西他都要碰。他把姐姐的衣裙仔细地折叠起来。他的双手如此灵巧，以后定能成为一位时装大师。这是一种迷人的职业。我将为他设计布料

———————

[1] 密涅瓦，罗马神话中的智慧女神，即希腊神话中的雅典娜。

图案。一个男孩从小便想成为服装师是很有意思的。如果我是个男孩，我就想当探险家或演员，但是不当服装师。可是这孩子一直充满幻想。他说得不多，但是很有主见。而我却想当个修女去那些豪宅募捐。我觉得自己的眼睛很柔和，非常柔和，柔得像肉团。我要睡着了。修女帽下面我有一副美丽苍白的面孔，那样子一定很高贵。我将会看到数百间昏暗的前厅。但是女仆会马上前来把灯点亮，于是我便会看到一些家族的肖像画，以及放在托架上的青铜艺术品。还有一些衣帽架。女主人手里拿着一个小本子和一张五十法郎的钞票前来对我说："嬷嬷，给您。""谢谢夫人，愿上帝祝福您。下次再见。"但是我不会是一个真正的修女。在公共汽车里，有时候我会向一个家伙暗送秋波。起初他会惊奇得目瞪口呆，随后他便会跟着我，对我说些乱七八糟的话。于是我就让警察把他抓进监狱。募捐来的钱我会自己留下。我会给自己买点什么呢？解毒剂。这是很蠢的。我的双眼渐渐疲软，我喜欢这样，仿佛把它们在水里泡过，我的全身都很舒服。那是镶有祖母绿和青金石的罗马教皇美丽的绿色三重冕。三重冕在旋转，不停地转。这是一只令人厌恶的牛头，但是吕吕不害怕。她说："斯库热，康塔尔的鸟①，停住！”一条红色的长河穿过荒凉的农村。吕吕想起了她的机动绞肉机，随后又想起了洗发膏。

"这将是犯罪！"她半夜里惊醒过来，两眼直瞪瞪的。他们在折磨我，难道他们察觉不到吗？我很理解丽蕾特，她这样做是为了我好。但是，对待别人一向通情达理的她，应该明白我需要好好考虑。他两眼火辣辣地对我说："你来！你到我的房子里来，我要你整个人。"我厌恶他那想要施催眠术时的那双眼睛，他揉捏我的胳膊。我看到他那双眼睛时，总要想起他胸脯上的毛。你来，我要你整个人。这种话怎么能说得出口。我又不是一条狗。

我坐下的时候，朝他笑了笑。我为他特意换了一种香粉，我还画了眼睛，因为他喜欢。但是他什么也没看见，他不看我的脸。他只盯着我的乳房。我希望它们瘪下去，好气气他。不过我的胸脯并不丰满，它们很小。你到我在尼斯的别墅来。他说别墅是白色的，有大理石楼梯，并且面朝大海。他还说我们将整

---

① 康塔尔是法国一地名，"康塔尔的鸟"是一句常见的咒骂之词。

130

天都赤身裸体。我光着身子走在大理石梯子上的样子一定很滑稽可笑。我将强迫他在我前面登上楼梯，这样他便看不见我了。否则，我会连脚都抬不起来的。我将呆立在那里，一心盼望他变成瞎子。再说，这也无济于事。只要他在我身边，我总觉得自己是赤裸的。他用胳膊搂住我，气势汹汹地对我说："你狂热地爱着我！"而我却害怕，我说："是的。"我要给你幸福，我们一起乘汽车，坐船去游览。我们去意大利，你想要什么我就给你什么。但是他的别墅里几乎没有家具，我们只得睡在地上的一张床垫上。他愿意让我躺在他怀里，我便闻到他身上的气味。我很喜欢他的胸脯，因为它是棕色的，而且很宽广。但是他的胸部全是毛，而我却喜欢男人身上没有毛。他的体毛是黑色的，柔软得像泡沫。有时候我抚弄它们，有时候它们却令我厌恶。我便尽量后退，但是他紧紧地搂住我。他要我躺在他怀里，他紧紧地抱住我，我便闻到他的气味。天黑时，我们将能听到大海的声音。假如他想干那事，他会在半夜里把我弄醒。我将永远不能安宁地入睡，除非来了月经。因为只有那种时候，他才会让我得到一点安静。而且看来有的男人还和那些正来月经的女人干那种事。干完事，他们的肚子都沾上了血，那可不是他们自己的血，大概床单上和别的地方都会沾上血，这真令人作呕！为什么我们非要有一具身体呢？

吕吕睁开眼睛。窗帘被街上射进来的阳光映红了。镜子里也有一抹红光。吕吕喜欢这种红光。一把安乐椅的影子映照在窗户上，仿佛中国的皮影。在安乐椅扶手上有亨利脱下的裤子，背带则悬挂在空中。我得给他去买背带的拉襻。但是我不愿意，我不想出去。他想整天地拥抱我，我将属于他。我要让他高兴，他将目不转睛地看着我。他会想："她是我的爱，她的身上我都碰过了。只要我愿意，随时可以再开始。"在王家港。吕吕在被子里蹬了几脚。当她想起在王家港发生的一切，便不由得厌恶起皮埃尔来。那时，她在篱笆后面，她以为他待在汽车里，正在查阅地图。突然间，她看见了他。他已经悄悄走到她的身后，正在瞧着她，吕吕踢了亨利一脚，那个家伙就要醒了。但亨利只是哼了一声，并没有醒来。我想认识一位像少女一样纯洁的美男子。我们将谁也不碰谁，我们一起手拉着手在海边漫步。夜里，我们将躺在两张并列的床上，像亲兄妹一样。我们将一夜聊到天亮。不然，我愿意和丽蕾特生活在一起，女人们待在一起多么富有魅力啊！她的肩膀丰满又光滑。当她爱着弗雷奈尔时，我非常难过。一想到他抚摸她，两手慢慢在她的肩膀和胁部摸索，而她则轻轻地叹息时，我心里很不是滋味。我在想，当她光着身子仰躺在一个男人的身下，并且感觉到有一双手在她的肉体上到处摸索时，她的脸上将会有什么表情。我是无论如何都不会碰她的，我不知道如何对待她。即使她愿意，并且对我说"我很愿意"，我也不能够。但是，假如我是个隐身人，我很愿意在别人和她干那种事的时候待在她身边，看着她的面孔（如果她仍然保持智慧女神密涅瓦的仪态，那才是怪事呢），用一只手轻轻地抚摩她那叉开的双膝，那玫瑰色的双膝，并且听见她的呻吟。吕吕感到嗓子发干，发出了短促的笑声。因为有时候人们是会有这种想法的。有一次，她竟然杜撰出皮埃尔想对丽蕾特施暴。并且我帮着他，我抱住了丽蕾特。昨天，她的双颊绯红，我们俩紧靠在一起坐在她的沙发上。她的双腿并拢，我们什么也没说，我们永远不会说什么。亨利开始打鼾，吕吕则吹口哨。我待在那里睡不着。我的心情很坏，而这头蠢猪居然还在打鼾。

假如他搂住我，求我，并且对我说："吕吕，你的一切都属于我，我爱你，你别走！"我会为他做出这个牺牲，留下来。是的，我会一生都和他待在一起，以博取他的欢心。

二

丽蕾特坐在圆顶酒家的露台上，要了一杯波尔图开胃酒。她无精打采，正在生吕吕的气。

"……他们的波尔图酒有一股瓶塞的味道。"吕吕嘲弄地说，因为她只喝咖啡。可是毕竟不能在喝开胃酒的时候喝咖啡吧。这儿的人整天都在喝清咖啡或牛奶咖啡，因为他们没有钱。这可能会让他们恼火。我不能这样，我会当着顾客的面对这家酒店毫不留情，这是一些不要面子的人。我不明白为什么，她总是约我来蒙巴那斯。如果她约我去和平咖啡馆或盼盼咖啡馆，那会离她家更近些，我也可以离上班的地方稍近些。我不能说总是看到那些人会让我伤心。如果我有一点时间必须来这里的话，那么待在露台上还可以，里面可是有一股脏衣服的味道，我不喜欢那些庸庸碌碌的人。即使在露台上，我也觉得不自在。因为我自己身上很干净，过路人看到我在一群不修边幅的男人以及样子很别扭的女人中间时，不免会大吃一惊的。人们一定会想："她在这里干什么？"我知道，夏天这里有时会有一些有钱的美国女人来光顾。但是，由于我们现政府①的缘故，她们似乎都不再前来而去了英国。正因如此，如今高档的商业网点已经不景气了。我比去年同期少销售一半。而且我不明白别人是怎么做的，因为我是最优秀的售货员，这是迪贝什夫人对我说的。我抱怨小约奈尔，她不会卖货。这个月她没有比自己的定额多卖出一分钱。我们售货员站了整整一天之后，很想找一个比较豪华、有点艺术品位、服务人员训练有素的舒适地方去松快一下；很想闭上眼睛自由地遐想，然后来点轻松的音乐。不时去一次大使舞厅，这花不了很多钱。但是这里的侍者都那么蛮横无理，看得出他们是没有见过世面的人。唯有那个为我服务的小个子棕发侍者，他倒是很殷勤。我相信吕吕很高兴感觉到自己处在这种人中间。要是去一个比较高档的地方她会害怕的。她从心底里

①　指当时的左派人民阵线政府。

136

对自己没信心。只要哪个男人表现出翩翩风度，她立即感到害怕。她不喜欢路易。嘿！我想她在这里会感到很自在的。这里有的人甚至连假领都没有，他们嘴里叼着烟斗，样子十分穷酸，并且毫不掩饰地直瞪瞪盯着你看。看得出他们这种人没有钱玩女人。然而在这个地区这样的女人并不缺，甚至有的还让你倒胃口。他们这种人的样子简直要把你一口吞下，他们甚至不会对你稍有礼貌地说一声想要你，把事情说得委婉点，让你高兴一点。

侍者走过来，他说：

"小姐，这是您要的波尔图，干红的？"

"是的，谢谢。"

他还十分和蔼地说：

"天气真好！"

"可是来得不算太早。"丽蕾特说。

"可不是，不然真要以为冬天永远没有尽头了。"

他走开了，丽蕾特一直盯着他看。"我很喜欢这位侍者，"她想，"他处处都很得体。他并不显得很亲热，但是他总会对我说上一句话，这是对我小小的特别关注。"

一个瘦弱的驼背年轻人正贪婪地盯着她看。丽蕾特耸了耸肩，转过身去背对着他。"你想对女人眉目传情时，至少得穿干净点。如果他和我说话，我便会对他这样讲。我纳闷为什么她不走。她不愿意伤害亨利，我觉得这太糟糕了，因为一个女人毕竟没有权利跟一个阳痿患者在一起毁了自己的一生。"丽蕾特厌恶性无能的男人，那是明显的现实问题。"她应当离开他，"丽蕾特作了决断，"这关系到她的幸福。我要对她说不能拿自己的幸福开玩笑。吕吕，你没有权利拿自己的幸福开玩笑。我再也不会对她说什么了。够了。这话我已经对她说过一百遍了。人们对幸福不能凑合。"丽蕾特感到头脑里一片空白，她太累了。她望着杯中黏稠的波尔图酒，仿佛是液体的焦糖。一个声音在她耳边反复回响："幸福，幸福"。这是一个充满柔情却又沉重的美好词语。她想，如果在巴黎晚报举办的大奖赛上有人问她的意见，她便会说这是法语里最美的词。"有人曾想到过这个吗？他们说：力量，勇敢，因为他们是男人。这应该是个女人才好，只有女人才能猜到这个。应该设立两项奖：一项奖给男人，最美的名词应该是荣誉；另一项奖给女人，我能赢得该项奖。我会说幸福；荣誉、幸福，这很押韵，非常有意思。我会对她说：'吕吕，你没有权利辜负自己的幸福。你的幸福，吕吕，是你的幸福。'我个人觉得皮埃尔是很不错的。首先他是个真正的男子汉；其次他很聪明，这没坏处；另外，他有钱。他将对吕吕关怀备至。他是那种善于解决生活中各种细小困难的男人，对于一个女人来说这是件愉快的事。我很喜欢人家会点菜，这要掌握得恰如其分。他很会说话，对侍者，对领班都是如此。人家都听他的。我管这个叫作有派。这可能是亨利身上最缺乏的。此外，还有健康方面的考虑。由于她父亲的缘故，她应该注重身体才好。身材苗条，皮肤白皙，从来不饿也不困，每夜只睡四个小时，并且为了推销花布图案整天在巴黎奔跑，这样倒是很不错的。但这是头脑不清醒的表现。她实在需要合理的饮食制度。吃得少，这我同意。但是需要经常，并且定时。若要把她送进疗养院住上十年，确实为时过早了。"

她忐忑不安地盯着蒙巴那斯十字街头的那座大钟。时钟的指针指着十一点二十分。"我真不理解吕吕，她的脾气真怪。我总也弄不明白她是否喜欢男人，或者男人让她生厌。可是跟皮埃尔在一起她是应该高兴的。这毕竟和去年跟她在一起的那个家伙有所不同，就是那个拉比，或是我所谓的勒比。"想起这些，她觉得很有意思，但是她忍住不笑出来。因为那个瘦弱的年轻人一直在盯着她看。刚才她回过头时曾发觉了他的目光。拉比的脸上长满了黑痣，吕吕喜欢用指甲在他的脸上把那些黑痣挤掉。"长这种东西很讨人嫌，但这不是他的过错。吕吕不知道何谓美男子。我很喜欢爱俏的男人。首先，男人们漂亮的衣物有多美啊！他们的衬衫、鞋子、美丽的闪色领带，都很漂亮。可能你会觉得这有点令人难以置信。但是这些都那么柔情并且强有力。这是一种充满柔情的力量，如同他们那英国烟草和科隆香水的味道以及他们刮了胡子后的皮肤味道。那不是……那不是女人的皮肤，简直像科尔多瓦①的皮革。他们强有力的臂膀把你紧紧搂住，你把脑袋靠在他们的胸膛上，便能闻到他们身上那种讲究仪表的男人所特有的强烈而温馨的气息。他们会对你低声说一些甜言蜜语。他们的穿着华丽，脚上穿着漂亮而粗犷的牛皮鞋。他们对你喃喃低语'我的宝贝，我的心肝'，而你便会觉得自己支撑不住了。"丽蕾特想起了去年离她而去的路易，于是伤心起来，"他是一个自恋的男人。他有一大堆规

---

① 科尔多瓦，西班牙地名，曾以盛产皮革著称。

矩，有一枚刻上他姓氏第一个字母的戒指，一个金烟嘴，以及一些小小的癖好……不过这种人有时候苛求起来更甚于女人。最好的是那种四十岁的男人。尽管他们两鬓已灰白，头发向后梳，肩膀宽宽却很干瘦，但他们很会照料自己，很喜欢体育运动，又懂得生活，因为他们经历过沧桑，所以这样的人是最好不过的了。吕吕不过是个孩子，她有我这样的朋友真是幸运，因为皮埃尔对她已经开始厌倦了，换了别人便会乘虚而入，我却总是劝他耐心点。当他对我稍有温情的表示，我便装作毫没留意，开始和他谈起吕吕，我总能找到一些话把吕吕抬举一番。但是她不配有这样的好运气，她意识不到这一点。我希望她像我一样过过那种路易离开之后的孤独生活。她会明白，当她工作了一天，晚上独自回到家里，看见房间里空空荡荡，巴望把头靠在一个肩膀上时，是个什么滋味。你会怀疑第二天早上是否还有勇气起床，再去上班，并且表现得迷人、快活，给人以勇气。实际上我宁愿死也不愿再过这种生活了。"

时钟敲响了十一点半。丽蕾特想起了幸福、青鸟，幸福之鸟和爱情的叛逆之鸟。她惊跳起来："吕吕迟到三十分钟了。这倒是正常的。她永远不会离开丈夫，因为她没有足够的勇气。实际上，正是出于体面的考虑她才和亨利继续在一起生活。她对他不忠，但是只要人家称她'太太'，她便觉得这算不了什么了。她大讲他的坏话，但是别人不能在第二天把她说过的话向她重复。否则她会气得满脸通红的。我为她竭尽了全力，我要说的话也都对她说了，随她去吧。"

一辆出租车在圆顶酒家前面停住，吕吕下了车。她带着一只大手提箱，表情颇为庄重。

"我和亨利吹了。"她远远地道。

她走过来，被手提箱的重量压弯了腰。她面带笑容。

"怎么回事，吕吕？"丽蕾特惊呆了，"你不会是想说……？"

"是的，"吕吕说，"结束了。我把他蹬了。"

丽蕾特仍然不信。

"他知道吗？你告诉他了吗？"

吕吕射出了愤怒的目光。

"怎么啦？"她说。

"那好，我的小吕吕！"

丽蕾特不知说什么才好，但无论如何，她认为吕吕现在需要鼓励。

"真好，"她说，"你真勇敢。"

她很想补充一句：你看这事并不很难。但是她忍住了。这时吕吕的样子很招人喜欢。她的两颊红彤彤，双目炯炯有神。她坐下并把手提箱放在身边。她身穿一件灰色的羊毛大衣，系一根皮腰带，里面有一件浅黄色的卷领毛线衫，头上没有戴帽子。丽蕾特不喜欢吕吕不戴帽子外出散步，因为她一眼便看出了她那种自责和自娱奇异混杂的神情。吕吕总是给她这种印象。"她身上我所喜欢的，"丽蕾特断定，"便是她的青春活力。"

"快刀斩乱麻，"吕吕说，"我把心里话统统都对他讲了。他简直晕了。"

"我真不敢相信，"丽蕾特说，"我的小吕吕，这是怎么啦？你吃了豹子胆啦？昨天晚上我还拿脑袋担保你决不会离开他的。"

"那是因为我弟弟。跟我在一起，他要压我一头，这我没得说。但是我不能容忍他碰我的娘家人。"

"怎么回事？"

"侍应生在哪里？"吕吕坐在椅子上招手，"圆顶酒家的侍应生在你叫他们的时候，从来不会马上出现在你面前。我们这一桌是那个小个子棕发年轻人服务的吧？"

"是的，"丽蕾特说，"你知道吗？我已经把他征服了。"

"是吗？那你得小心盥洗室的那个女人，他可是整天都和她摽在一起的。他在追她，但是我认为他只是想借此看看那些出入盥洗室的女士们。她们出来时，他总是盯着她们看，直看得人家脸红。对了，我得出去一下，我要下楼给皮埃尔打个电话，他要气坏了！如果你看见侍应生，替我要一杯加奶咖啡。我就去一会儿，回来我要把一切都告诉你。"

她站起来走了几步，又回过来对丽蕾特说：

"我真高兴，我的小丽蕾特。"

"亲爱的吕吕。"丽蕾特拉着她的手说。

吕吕抽出手来，步履轻盈地穿过了露台。丽蕾特看着她走远了。"我永远想不到她能走到这一步。瞧她多快活，"她想，同时有点气愤，"她成功地甩掉了丈夫。要是她听了我的话，这事早就办完了。总而言之，这多亏了我。说实在的，我对她的影响力还是很大的。"

一会儿吕吕回来了。

"皮埃尔的决心更坚定了，"她说，"他想知道详细情况。我一会儿会告诉他的，因为我要和他一起吃饭。他说我们也许可以明天晚上动身。"

"我真高兴，吕吕，"丽蕾特说，"快告诉我，你是昨天夜里决定的吗？"

"你知道，我什么也没有决定，"吕吕谦逊地说，"这事就自己定下来了。"

她不耐烦地敲了敲桌子。

"侍应生，侍应生！这小伙子真让我生气，我要一杯加奶咖啡。"

丽蕾特有点反感。她要是吕吕，在如此严重的情况下，绝不会为一杯加奶咖啡而浪费时间的。吕吕是个可爱的人，但又轻浮得令人吃惊，她是一只小鸟。

吕吕扑哧一声笑了出来。

"你真想象不出亨利那副样子！"

"我在想你母亲会怎么说。"丽蕾特正色道。

"我母亲？她会很—高—兴，"吕吕一字一顿地说，"他对我母亲很不敬，你知道，她恨死他了！他总责备我母亲没有把我教养好，责备我这不是，那不是，还说看得出我从小受的是小市民教育。你知道吗？我现在这样做，有点是因为她。"

"这话怎么讲？"

"他打了罗贝尔的耳光。"

"罗贝尔到你家去过？"

"是的，今天早上他路过我那里，因为妈妈想让他去贡佩兹公司当学徒。我记得告诉过你这件事。所以今天早上我们正在吃早饭时他来了。亨利打了他一记耳光。"

"为什么呢？"丽蕾特有点恼火地问，她很不喜欢吕吕的叙事方式。

"他们吵了几句，"吕吕含糊其词地说，"小家伙也不让人。他和他顶着干，大骂他是'老傻瓜'，因为亨利骂他是没教养的孩子。他当然只会说这个了。我难过极了。我们在客厅里用早餐，这时亨利站了起来，扇了罗贝尔一记耳光。当时我真想杀死他！"

"于是你就走了？"

"走了？"吕吕惊奇地说，"去哪里？"

"我以为你是在那个时候离开他的。听着，我的小吕吕，你得有条有理地把事情给我讲清楚，否则我无法明白。告诉我，"她疑惑不解地补充道，"你确实离开了他，是真的，对吗？"

"当然啦，我已经给你解释一个小时了。"

"好。那么亨利打了罗贝尔一记耳光。后来呢?"

"后来，"吕吕说，"我把他关在阳台上。太逗了，他还穿着睡衣呢! 于是他便敲窗门，但是他不敢砸碎玻璃，因为他是个十足的吝啬鬼。要是我的话，哪怕弄得双手鲜血淋淋我也要把窗玻璃全部砸烂。后来泰克西耶他们闻声而来。于是他透过窗户对我笑笑，佯装这是我们两口子在闹着玩。"

侍者走过来，吕吕抓住他的胳膊。

"小伙子，你终于过来啦! 能不能麻烦你给我来一杯加奶咖啡?"

丽蕾特觉得有点不好意思，她向侍者会意地笑了笑。但是小伙子仍然面无笑容，并且卑恭地欠了欠身，但是眼里充满了责备的目光。丽蕾特有点抱怨吕吕。她这个人对下人从来都掌握不好分寸，要不太随便，要不太苛求、太生硬。

吕吕笑了起来。

"我笑是因为仿佛又看见了穿着睡衣被关在阳台上的亨利。他冻得发颤。你知道我是怎样把他关在阳台上的吗? 他在客厅的尽头，罗贝尔在哭，他在一旁唠唠叨叨地教训他。我打开落地窗对他说：'亨利，你来看，一辆出租车把那个卖花女人撞倒了。'他走到我身边，因为他很喜欢那个卖花女人。她告诉过他自己是瑞士人，他以为她很爱他。'在哪里？在哪里？'他急忙问道。我呢，悄悄地往后退，回到房间后便把窗门关上了。我透过窗门对他大声喊道：'你对我弟弟那么凶狠，这是给你的教训！'我让他在阳台上待了一个多小时，他瞪大眼睛望着我们，气得脸色发青。我向他吐吐舌头，并且给罗贝尔糖果吃。后来我把自己的衣物拿到客厅里，当着罗贝尔的面更衣，因为我知道亨利最讨厌这个。罗贝尔像一个小大人吻我的胳膊和颈部，他很可爱。我们只当亨利不在我们面前。真糟糕，我忘了梳洗。"

"那家伙待在玻璃窗门后面。这太滑稽了！"丽蕾特说着便放声大笑起来。

吕吕停住笑。

"我担心他着凉，"她认真地说，"人在气头上往往会考虑不周。"

接着她快活地说：

"他向我们伸出拳头，嘴里不停地说着。但是他的话我连一半都听不懂。后来罗贝尔走了。这时，泰克西耶他们按响了门铃，我开门让他们进来。他看见他们时，变得满脸堆笑。他在阳台上弯腰向他们行礼，我便对他们说：'你们看看我丈夫，我的大宝贝，他像不像水族馆里的一条大鱼?'泰克西耶他们透过窗门向他还礼。他们有点吃惊，但是仍然不动声色。"

"我在这里也能想象得到，"丽蕾特笑着说，"哈哈！你丈夫在阳台上，而泰克西耶夫妇在客厅里!"她又重复了几遍"你丈夫在阳台上，泰克西耶夫妇在客厅里……"她本想找一些滑稽和色彩鲜明的词语来向吕吕描述那个场面，她认为吕吕没有喜剧细胞。但是她找不到合适的词语。

"我打开窗门，"吕吕说，"亨利便回到客厅。他当着泰克西耶夫妇的面拥抱了我，叫我小淘气。'小淘气，'他说，'她想跟我闹着玩。'于是我笑了，泰克西耶夫妇也彬彬有礼地笑了，大家都笑了。但是，在泰克西耶夫妇离开后，他在我耳朵上狠狠地揍了一拳。于是我抓起一把刷子扔到他的嘴角上，把他的嘴唇打裂了。"

"我可怜的吕吕!"丽蕾特亲切地说。

但是吕吕用动作拒绝了任何同情。她直挺挺地站在那里，斗志高昂地晃动着她那棕色的鬈发，两眼放出炯炯的光芒。

"就在那时候我和他摊了牌。我用毛巾替他洗干净嘴唇，告诉他我已经受够了，我不再爱他并且要离他而去。他哭了起来，而且说要自杀。但这也无济于事了。丽蕾特，你还记得吗？去年为了莱茵河地区那件事，他每天都要对我说那些同样的话：吕吕，战争即将爆发，我就要上战场，而且会战死在疆场，你要后悔的，你将会为你给我带来的一切痛苦而感到内疚。'好啊，'我对他说，'你是个性无能者，这正是表现你男子气概的大好时机。'总而言之，我设法使他平静下来，因为他说要把我锁在客厅里。我对他发誓一个月之内我不会走的。后来他上班去了。他两眼发红，嘴唇上搽着药膏，样子很不好看。我则整理了房间，把滨豆放在炉子上煮，并且收拾好手提箱。我给他留了一张字条放在厨房桌子上。"

"你给他写了什么？"

"我对他说，"吕吕骄傲地说，"滨豆在锅里煮着。你自己用餐，别忘了关煤气。冰箱里有火腿。我已经受够这一切，我走了。永别了。"

她们两人都笑起来，路上的行人不禁回过头来看着她们。丽蕾特想她们的样子一定很迷人。她很遗憾自己没有坐在维尔咖啡厅或和平咖啡馆的露台上。两人笑够了便安静下来。这时丽蕾特发现已经无话可说，她有点失望。

"我得走了，"吕吕站起来说，"我和皮埃尔约好中午十二点见面。我的手提箱怎么办呢？"

"留给我吧，"丽蕾特说，"一会儿我把它放在盥洗室的女看门人那里。咱们什么时候再见面？"

"两点钟，我去你家找你。我有一大堆东西要和你一起去买。我自己的东西只拿了不到一半，我得跟皮埃尔要钱。"

吕吕走了，丽蕾特便招呼侍应生。她为她们两人感到心情沉重和忧郁。侍者跑过来。丽蕾特早已察觉，这个小伙子对于她总是招之即来的。

"一共五法郎。"他说。接着他冷冷地补充了一句："你们二位非常快活，楼下的人都能听到你们的笑声。"

吕吕刺伤了他，丽蕾特立刻这样想道。她红着脸说：

"我的朋友今天早上有点激动。"

"她很可爱，"侍者动情地说，"谢谢你，小姐。"

他收起六法郎走了。丽蕾特感到有点意外。这时敲响了十二点钟，她想亨利快回家了，他将会看到吕吕留的字条。对她来说这是个美妙的时刻。

"我希望你们在明天晚上以前把这些东西送到旺达姆街的剧院旅馆。"吕吕气派十足地对女收银员说。接着她转身朝向丽蕾特：

"好了，丽蕾特，咱们走吧。"

"您的姓名？"女收银员问。

"吕西安娜·克里斯潘太太。"

吕吕把大衣挽在胳膊上，跑了起来。她三步并成两步地跑下了萨马里泰纳商厦的大楼梯。丽蕾特紧随其后，有好几次差一点摔倒，因为她看不见自己的脚步。她两眼盯着在她前面跳跃的那个蓝色和鹅黄色的纤细身影。"确实，她的身材非常诱人……"每当丽蕾特看见吕吕的背影或侧影，她都会为她那诱人的线条感到吃惊。她也不清楚原因何在，这只是一种印象。"她很苗条、玲珑，但是她身上有一种邪气。我也不明白。她总是竭尽全力把自己裹得紧紧的，大概是这个原因。她说为自己的臀部感到羞愧，总穿一些紧身的短裙把臀部裹住。她的那个部位很小，这我知道，远比我的小，但是它很突出。在她的细腰下面显得圆滚滚的。它把裙子撑得那么紧，简直像是硬塞进去的。此外，它还扭动。"

吕吕转过身来，两人相对而笑。丽蕾特又气恼又颓丧地想着她朋友那不谨慎的身躯：往上翘的小乳房，黄黄的光滑肌肤——摸上去简直像橡胶——长长的大腿，长长的下流身躯，长长的四肢。"一具黑种女人的身躯，"丽蕾特想，"她的样子像一个跳伦巴舞的黑女人。"在转门附近，有一面镜子把丽蕾特的身影映照出来。"我更像个运动员，"她挽着吕吕的胳膊想道，"我们两人都穿着衣服时她比我更有派；但是光着身子我肯定比她棒。"

两人都不再作声。过了一会儿，吕吕说：

"皮埃尔对我很好。丽蕾特，你也对我很好。我对你们两人都很感激。"

她说这话的时候有点勉强，但是丽蕾特没有在意。吕吕从来不会道谢，因为她太腼腆了。

"真烦人，"吕吕突然说，"我还得去买一个胸罩。"

"这儿?"丽蕾特问。这时她们正巧路过一家内衣店。

"不。正因为我看见了这里的胸罩，所以便想起了这事。我买胸罩都上费谢商场。"

"蒙巴那斯大道上的那家?"丽蕾特大声问道，"吕吕，你可得特别小心，"她严肃地说，"最好别常去蒙巴那斯大道，尤其在这个时候。我们会碰见亨利的，那样就糟了。"

"碰见亨利?"吕吕耸了耸肩说，"不会的，怎么会碰见他呢?"

丽蕾特气愤得涨红了两颊和双鬓，她说：

"我的小吕吕，你总是这样。如果你不喜欢什么你就干脆否认它。你想去费谢商店，于是你偏说亨利不会走过蒙巴那斯大道。你明明知道每天下午六点钟他要经过蒙巴那斯大道，这是他的必经之路，是你亲口对我说的。他要走到雷恩大街，然后在拉斯帕伊大道的拐角等公共汽车。"

"首先，现在刚五点钟;"吕吕说，"其次，他不一定去上班了。他看了我的字条后，肯定就躺在床上不动了。"

"可是吕吕，"丽蕾特忽然说，"你知道吗？离歌剧院不远的九四大街上还有一家费谢商店。"

"是，"吕吕嗫嚅地说，"那就去吧。"

"啊，我真喜欢你，我的小吕吕！咱们去吧！很近的，比蒙巴那斯十字路口近多了。"

"可是我不喜欢那儿卖的东西。"

丽蕾特暗暗觉得好笑，各家费谢商店卖的不都是同样的货物吗！可是吕吕却固执得让人难以理解。亨利不正是她在这个时候最不想见到的人吗？仿佛她故意想要撞在他的枪口上似的。

"那好，"她宽容地说，"咱们就去蒙巴那斯吧。再说，亨利个子很高，我们定能在他发现我们之前先看见他。"

"那又怎么呢？"吕吕说，"假如我们碰到他，那就碰到他吧，这很简单。他总不至于吃掉我们。"

吕吕坚持步行去蒙巴那斯，她说需要透透空气。她们沿着塞纳大街走，然后是奥德翁大街，后来是沃日拉尔大街。丽蕾特夸奖皮埃尔，并且对吕吕说他在这种情况下表现得非常出色。

"我多么热爱巴黎！"吕吕说，"我会感到非常遗憾的！"

"别说了，吕吕。你有幸能去尼斯，而你却遗憾离开巴黎。"

吕吕没有搭腔。她神色忧郁地开始左顾右盼，像是在寻找什么似的。

她们走出费谢商店时，听到钟声敲响了六点整。丽蕾特抓住吕吕的肘部，想尽快把她拉走。但是吕吕在博曼花店前停住了。

"我的小丽蕾特，你快来看看这杜鹃花。如果我有一间漂亮的客厅，一定要摆满杜鹃花。"

"我不喜欢盆栽的花。"丽蕾特说。

她非常恼怒，扭头望了望雷恩大街。不言而喻，过了一分钟她便见到了亨利高大而愚蠢的身影正向这边走来。他没有戴帽子，身穿一件栗色的粗花呢运动短外套。丽蕾特很讨厌栗色。

"他来了，吕吕，他来了。"她急急忙忙地说。

"哪里？"吕吕问，"他在哪里？"

她也不比丽蕾特更加镇静。

"在我们身后，对面的人行道上。咱们快走，别回头。"

吕吕仍然回过头去。

"我看见他了。"她说。

丽蕾特极力把她拉走，但是吕吕呆立在那里不动，盯着亨利看。最后她说：

"我觉得他看见我们了。"

她仿佛很害怕，一下子听从了丽蕾特，乖乖地被她拉走了。

"看在上帝分上，吕吕你现在千万别扭头看，"丽蕾特气喘吁吁地说，"到了下一条街，我们就往右拐，那是德朗布尔大街。"

她们二人匆匆赶路，不免与行人相撞。时而吕吕有点被拖着走，时而她在前面拉着丽蕾特走。但是她们还没有走到德朗布尔大街的拐角，丽蕾特便看到吕吕身后不远处有一个棕色的巨大身影。她明白那是亨利，因而开始气得发抖。吕吕眼皮下垂，样子狡黠又固执。"她在为自己的不慎而后悔，但为时已晚，活该！"

她们加快了脚步。亨利一言不发地紧随其后。她们走过了德朗布尔大街，继续朝着气象台的方向走去。丽蕾特听见了亨利咯咯的皮鞋声，在脚步声里还伴随着一种轻微而有规律的嘶哑喘息声。那是亨利的喘息声（亨利的喘息声一向很重，但从未如此强烈。大概为了追上她们而跑了过来，也许是因为激动）。

"必须装得仿佛他不在那里一样，"丽蕾特想，"不能表现出已经发现了他的样子。"但是她仍然忍不住从眼角瞥了他一眼。他脸色惨白得像一张纸，眼皮下垂，看起来仿佛闭上了眼睛。"他简直像个梦游者。"丽蕾特厌恶地想道。亨利的嘴唇在颤动，下嘴唇上有一小块已经半脱落的玫瑰色油膏，它也开始颤抖起来。而那喘息声还是那么均匀和嘶哑，渐渐变成了带鼻音的乐声。丽蕾特感到很不自在。她并不怕亨利，但是他的疾病和情欲总是有点让人害怕。不一会儿，亨利慢慢地伸出手来，看也不看便抓住了吕吕的手臂。吕吕歪了歪嘴，仿佛就要哭出来。她全身哆嗦，挣脱了出来。

——呸！亨利喊了一声。

丽蕾特极想停下来，因为她胸痛并且耳鸣。但是吕吕几乎在奔跑。她那样子也像个梦游者。她觉得，假如她放开吕吕自己停下来，那么他们两人将会无声地、肩并肩地继续向前跑。他们都双眼紧闭，脸色惨白得像死尸。

亨利开始说话。他的嗓音出奇地嘶哑。他说：

"跟我回家去。"

吕吕没作声。亨利用同样嘶哑的声音淡淡地说：

"你是我老婆，跟我回去。"

"明摆着她不愿意回去，"丽蕾特咬紧牙关地说，"别烦她了。"

他似乎没有听见，接着说：

"我是你丈夫，我要你跟我回家。"

"我请你让她安静，"丽蕾特提高嗓音说，"你这样烦她是得不到什么的。你走吧。"

他诧异地转向丽蕾特。

"这是我的老婆，"他说，"她是属于我的，我要她跟我回去。"

他抓起吕吕的胳膊。这一回吕吕没有挣脱。

"请你走开。"丽蕾特说。

"我不会走的，她走到哪里我就跟到哪里，我要她回家。"

他用力地说着，忽然间他做了一个鬼脸，露出了牙齿。他拼命地喊道：

"你是属于我的！"

一些人转过身来朝他们笑。亨利摇着吕吕的胳臂，并且咧开嘴像野兽般怒吼。幸好这时有一辆空出租车驶过来。丽蕾特向它招手，车便停了下来。亨利也停住脚步。吕吕还想继续往前走。但是他们每人紧紧抓住她的一条胳膊，使她不得动弹。

"你得明白，"丽蕾特把吕吕拖向马路，并对亨利说，"你用这种暴力永远不能把她拉回家。"

"放开她，放开我的老婆。"亨利说着便往相反的方向拉。

吕吕软得像一团棉花。

"你们上不上车？"司机不耐烦地喊道。

丽蕾特放开吕吕的胳膊，朝着亨利的双手雨点般地猛捶。但是他仿佛没有感觉。过了一阵，他松开手惊愕地望着丽蕾特。丽蕾特也望着他。这时她很难集中思想，只觉得心里一阵强烈的反感。他们这样互相对视了好一阵。两人都气喘吁吁。随后，丽蕾特恢复了镇静，她抓住吕吕的身子，把她一直拖到出租车旁。

"去哪儿？"司机问。

亨利跟了过来，他也想上车。但是丽蕾特竭尽全力把他推开，并匆匆地关上了车门。

"喂，走吧，走吧！"她对司机说，"一会儿告诉你地址。"

出租车开动了，丽蕾特坐在车里，很是灰心丧气。"这一切多么无聊。"她想。她恨吕吕。

"我的小吕吕，你想去哪里？"她亲切地问道。

吕吕没有回答。丽蕾特用胳膊搂住她，并且晓之以理地说：

"你得告诉我，我把你送到皮埃尔那里好吗？"

吕吕动了一下，丽蕾特以为她同意了。于是她往前凑去对司机说：

"去麦西纳大街十一号。"

丽蕾特转过身来时，吕吕神情怪异地望着她。

"怎么回……"丽蕾特问道。

"我恨你，"吕吕大声吼道，"我恨皮埃尔，恨亨利。你们都跟着我干什么？你们大家都在折磨我。"

她突然止住，面部的线条都扭曲了。

"你哭吧，"丽蕾特镇定而庄重地说，"哭吧，这样会舒服一点。"

吕吕弯下身去，开始抽泣。丽蕾特抱住她，把她紧紧搂在怀里。她不时地抚摩她的头发。但是，她内心里一片冰凉，甚至有点鄙视吕吕。汽车停下时，吕吕也安静下来了。她擦擦眼睛，并且补了妆。

"原谅我，"她温顺地说，"刚才我太激动了。我看到他这种样子很受不了，我很难过。"

"他的样子像只猩猩。"丽蕾特平静地说。

吕吕笑了。

"咱们什么时候再见面？"丽蕾特问。

"呃，明天以前不行。你知道吗？皮埃尔因为他母亲的缘故不能留宿我。我住在剧院旅馆。如果你有时间，可以在九点左右来找我，因为过后我要去看妈妈。"

她的脸色灰白，丽蕾特忧伤地想，吕吕的脸色如此易变，真是太可怕了。

"今天晚上别太难过了。"她说。

"我累极了，"吕吕说，"我希望皮埃尔能让我早点走，但是这种事他从来都不懂的。"

丽蕾特留住出租车，让司机送她回了家。刚才有一阵她想去电影院，但是现在已经没有那个心情了。她把帽子扔在一张椅子上，朝窗户走去。但是床吸引了她。它是那么洁白、柔软，被窝里潮乎乎的。她扑到床上，让枕头抚弄自己滚烫的脸颊。"我很坚强，是我为吕吕做了一切，而现在我却孤独一人，没有人来为我做点什么。"她越想越伤心，只觉一股怨气涌上心头，真想哭一场。"他们要去尼斯，我再也见不到他们。是我促成了他们的幸福，然而他们不会再想起我。我却留在这里，每天要工作八小时，在比尔玛商店出售假珍珠。"当第一行泪珠滚到她的脸颊上时，她便慢慢地倒在了床上。"在尼斯，"她伤心地边哭边说，"在尼斯……在阳光照耀下……在那蓝色海岸……"

三

“呸!”

深夜。仿佛有人在房间里走动：一个穿拖鞋的男人。他小心翼翼地跨出一步，随后另一步。尽管如此，他仍在地板上发出了轻微的声音。他停住脚步，房间里一片寂静。接着，他突然走到房间另一头，又开始了他那无目的的走动，如同一名躁狂症患者。吕吕觉得冷，因为被子太薄了。她使劲骂了一声“呸!”这声音让她感到害怕。

呸! 我肯定他现在正在看天空和星星。他点了一支烟，他在外面，他说过喜欢巴黎天空的淡紫色调。他迈着小碎步回到屋里。小碎步。他对我说过，当他迈着小碎步走了一程后，便会觉得很有诗意，并且像一头刚被挤过奶的母牛一样轻松，因为他不再想那事了。而我却被弄脏了。他现在很洁净，这我不奇怪，因为他把污秽留在了这里，留在黑暗中。擦手毛巾上沾满了污秽，床中间的那一片床单是湿的。我不能伸腿，因为我会感到皮肤湿乎乎的。多么脏啊！而他却全身洁净干爽。我听见他出去的时候轻轻吹着口哨。他现在就在下面，身穿华丽的套服和春秋大衣，全身干爽清新。必须承认，他很会穿衣服。女人能跟他一起出去是值得骄傲的。他在我的窗户下面，而我却光着身子躺在黑暗中。我全身发冷，并且用双手在摩擦肚皮，因为我觉得身上全是湿的。"我上去一分钟，"他说，"就为了看看你的房间。"他待了两小时，那张床吱嘎作响——那张肮脏的小铁床。我纳闷他是如何找到这家旅馆的。他告诉我以前曾在这里住过半个月，我在这里会很舒服。这是一些很奇怪的房间，我见过两间。我从未见过这么小的房间，里面塞满了家具。有墩状软垫、长沙发、小桌子。这一切都散发着爱的气息。我不知道他是否真的在这里住过半个月，但是他肯定不是一个人住在这里。他把我带到这种地方对我是很不敬的。我们上楼时，旅馆的侍者乐了，那是个阿尔及利亚人。我讨厌那种人，而且害怕他们。他盯着我的两腿看，后来便回到他的办公室。他大概会想"行了，他们一定正在干那种事"。他想象着那种肮脏的事，仿佛他们在自己的国度里对女人干的事非常可怕。假如哪个女人落入他们手中，她将会变得终生残废。在皮埃尔折腾我的时候，我一直想着那个阿尔及利亚人，而他也在想着我正在干的事，并且他想象的比实际情况更糟糕。房间里有人！

吕吕屏住呼吸，可是走步声也立即停止了。我的两条大腿之间不舒服，既痒又灼痛，我真想哭一场。以后每天夜里都得如此，除了明天，因为明天我们将在火车里过夜。吕吕咬咬自己的嘴唇，全身都在战栗，因为她记得刚才曾经呻吟过。不是这样的，我没有呻吟，我只是呼吸得重了一点。因为他的身子很重，他压在我身上时，我简直无法呼吸。他对我说："你在呻吟，你有快感。"我讨厌在干这种事的时候说话。我希望这种时候要忘情，可是他却不断地说一些蠢话。首先，我没有呻吟，我不可能有快感，除非是我自己造成快感，这是事实。医生曾对我这样说的。他不愿意相信这个，他们也从不愿意相信这个，他们都这样说："那是因为一开始没有弄好，我会教你得到快感的。"我任凭他们说去，我很明白自己的问题所在，那是医学上的问题。但是这使他们感到恼火。

　　有人正在上楼。这是一名归来者。我的老天，最好不是他回来了。如果他想的话，他是完全做得出来的。不是他，因为脚步很沉重。或者——吕吕的心在剧烈跳动——会不会是那个阿尔及利亚人，他知道我单身一人在屋里，他会前来接连地敲门。我不能，不能忍受这个。不对，楼下那一层的。有人回来了，他把钥匙插进锁孔，得花一点时间。他醉了。我在想住在这家旅馆里的都是些什么样的人哪，真够脏的！今天下午，我在楼梯上遇到一个红发女郎，她的眼神告诉我她是一个吸毒者。我没有呻吟！当然，他要尽种种花招最终还是把我弄得神魂颠倒，他精于此道。我讨厌那种精于此道的人，我宁愿和生手睡觉。他们的手会直接伸到该去的地方，轻轻地触及，稍为按一下，并不太用力……他们把你当作一件乐器，并且为自己能玩好这件乐器而感到骄傲。我讨厌别人把我搅得神魂颠倒，我会嗓子发干，心里害怕，嘴里有一股味道。我感到屈辱，因为他们觉得自己驾驭了我。假如皮埃尔扮出一副自命不凡的神气对我说："我的手法很高明。"我会扇他的耳光。我的老天，真想不到生活就是这样的。正是为了这个，人们穿衣，人们洗澡，人们把自己打扮得漂漂亮亮。所有的小说都写这种事，人们整天想着它。结果呢，就跟着一个家伙来到一个房间，他会把你压得透不过气来，直到把你的肚子弄湿了为止。我想睡觉。哦，要是我能睡着一会儿就好了。明天夜里要在火车上度过，我会累垮的。我还是希望能够比较精神饱满地在尼斯街头闲逛。据说那里美极了，有一些意大利风格的小街和晾在外头的五颜六色的衣物。我将支起我的画架画画。一些小女孩会前来看我画画。真该死！（她往前挪了挪，臀部碰到了那一片潮湿的床单。）他带我到这里来就是为了干这种事。没有人，没有任何人爱我。他①走在我的身边，我几乎支持不住，等待着听到一句充满柔情的话语，他原本可以说一句"我爱你"。当然我不会再回到他那里，但是我会对他说几句客气的话，那样大家也能友好地分手了。我等待着，等待着。他抓住我的胳膊，我也把胳膊伸给了他。丽蕾特十分恼怒。要说他的样子像一只猩猩这话可不对，但我知道她是这样想的。她是从侧面用龌龊的眼光看他的。她这么坏真令人吃惊。嗨！无论如何，他抓住我的胳膊

---

① 这个"他"应指亨利。

时，我没有反抗。但是他要的不是我，而是他的老婆。因为他娶了我，他是我丈夫。他总是贬低我，他说他比我聪明。现在发生的一切都是他的错，他只要不再居高临下地对待我，我也能继续和他在一起了。我肯定现在他对我的离去并不惋惜。他不会哭，他只是发发牢骚，仅此而已。而且他很高兴，因为他能一人独占大床，舒坦地伸展他的长腿。我真想死，我非常害怕他把我当成坏女人。我无法对他做任何解释，因为丽蕾特就在我们两人中间。她不停地说着，说着，简直有点歇斯底里。她现在一定很满意，她在为自己的勇敢而自我陶醉。这对亨利有点残忍，他温柔得像只绵羊。我要去。他们总归不能强迫我像一条狗那样离开他。她跳下床来，拧亮了灯。我只穿长袜和连衫衬裙就够了（她非常着急，甚至连头发也没有梳理）……一会儿看见我的人不会知道我宽大的灰大衣底下没有穿衣服。他将会跪倒在我的脚下。阿尔及利亚人，——她心跳不已地停了下来——我得叫醒他，让他给我开门。她踮着脚下楼——但是楼梯一级一级地发出声响。她敲了敲办公室的窗玻璃。

"什么事？"阿尔及利亚人问。他的两眼红彤彤，头发蓬乱，样子并不可怕。

"给我开门。"吕吕生硬地说。

一刻钟后她便按响了亨利的门铃。

"谁啊?"亨利在屋里问道。

"是我。"

他没有作声,他不愿意让我回到家里。但是我要把门一直敲到他打开为止。由于害怕邻居反应,他会让步的。一分钟后,房门微微张开,亨利出现了。他的面色灰白,鼻子上长了一个包。他穿着睡衣。"他没有睡着。"吕吕心疼地想。

"我不想就这样离去,我想再见到你。"

亨利始终缄默不语。吕吕把他轻轻一推便进了房间。他局促不安,在过道上他总是这副神情。他瞪大眼睛望着我,摇晃着手臂,不知如何摆弄他的身体。"别说话,得了,别说话,我看得出你现在很激动,说不出话来。"他努力咽下唾液,吕吕把门关上了。

"我希望我们能友好地分手。"她说。

他张嘴仿佛想要说话,旋即便转过身去跑开了。他在干什么?她不敢追上前去。难道他在哭吗?忽然间她听见他在咳嗽。原来他在卫生间里。他回来时,她便搂住了他的颈部,把嘴贴到了他的嘴上。他觉得要呕吐。吕吕大声地抽泣起来。

"我冷。"亨利说。

"咱们睡吧,"她哭着建议道,"我可以一直待到明天早上。"

他们躺在了一起。吕吕大声抽泣,哭得全身颤动,因为她重新回到了自己的房间,自己这张漂亮而干净的床以及窗玻璃上微弱的红光。她想亨利会把她紧紧搂住,但是他没有这样做。他直挺挺地躺着,仿佛床上有一根木桩似的。他和同瑞士人谈话时一样笔直、僵硬。她用双手抱着他的脑袋,盯着他看。

"你呀,你很纯洁,非常纯洁。"她说。

他哭了。

"我真不幸,"他说,"我从来没有这样不幸过。"

"我也一样。"吕吕说。

他们哭了很久。过了一阵,她先止住,并且把头靠在他的肩上。要是我们能像两个纯洁和悲伤的孤儿待在一起该有多好啊!但是这不可能,生活中没有这样的事。生活是一朵巨大的浪花,它将在吕吕身上撞得粉碎,并且把她从亨利的怀里夺走。你的手,你的大手。他为此感到骄傲,因为他的手很大。他说古老家族的后代往往都有发达的四肢。他再也不会用他的手箍住我的身子了——他把我弄得有点痒痒，但是我很骄傲，因为他的双手几乎能合抱在一起。说他性无能是不对的，他很纯洁，非常纯洁——可是有点懒惰。她噙着泪花笑了，并且在他的下巴上亲了亲。

"我怎么对我的父母讲呢？"亨利问，"他们会气死的。"

克里斯潘太太不会气死，相反，她会得意扬扬。他们一家五口会在餐桌上用责备的口吻谈论我，如同那些知道得很多，却又碍于那个十六岁的小姑娘，因而半遮半掩不想把什么都说出来的那些人，因为她太年轻，有些事不能当着她的面说。她会暗自好笑，因为她会知道一切。她总是什么都知道，而且她讨厌我。卑鄙透了！种种迹象对我都是不利的。

"别马上告诉他们，"她恳求道，"你就说我身体不适去了尼斯。"

"他们不会相信的。"

她在亨利的脸上洒下了雨点般的亲吻。

"亨利，你对待我并不很好。"

"是的，我对你是不够好。可是你也一样，"他思索着说，"你对我也不够好。"

"我对你也不够好。呜，呜！"吕吕说，"我们都很不幸!"

她哭得那么厉害,以致觉得自己快要断气了。一会儿天就要亮了,她也得走了。人们永远不能,永远都不能做自己想做的事。人们只能随波逐流。

"你本不应该就这样走了。"亨利说。

吕吕叹了口气。

"我本来是很爱你的,亨利。"

"现在呢,你不爱我了?"

"现在不一样了。"

"你跟谁走?"

"和一些你不认识的人一起。"

"你怎么会认识一些我不认识的人?"亨利生气地说,"你是在哪里见到他们的?"

"别说这些了,我的宝贝,我的小格利佛,这时候你总不能再端起丈夫的架子来教训我吧?"

"你肯定是跟一个男人走的!"亨利哭着说。

"听着,亨利,我向你发誓不是这样的。我敢绝对保证,因为现在的男人太让我厌烦了。我跟一对夫妇一起走,是丽蕾特的朋友,都是些上了年纪的人。我想独身生活,他们将会替我找到工作的。噢!亨利,要知道我现在多么需要单身生活啊!这一切都使我感到厌烦。"

"什么？"亨利问，"什么事让你厌烦？"

"一切！"她抱住他，"我的宝贝，唯有你不让我感到厌烦。"

她把手伸到亨利的睡衣下面，久久地抚摩他的全身。被她那冰凉的手一摸，亨利浑身发颤，但是他任其抚摩。他只是说：

"我会得病的。"

确实，他身上有什么地方受伤了。

七点钟，吕吕起了床。两眼红肿，倦怠地说：

"我得回到那里去。"

"哪里？"

"我住在旺达姆街的剧院旅馆。那是一家很脏的旅馆。"

"留下来跟我在一起吧。"

"不，亨利，我求你不要再坚持了，我对你说过这是不可能的。"

"波涛将你席卷而去，这就是生活。人们无法判断，也无法理解，只能随波逐流。明天，我就到了尼斯。"她去卫生间用温水洗了洗眼睛。随后她颤抖着穿上了大衣，"这好像是命中注定的。希望今天夜里能在火车里睡得着，否则明天到了尼斯我会支撑不住的。但愿他买了头等车厢的车票。这将是我第一次坐头等车厢旅行。事情总是这样的：已经有好几年了，我很想乘头等车厢作长途旅行，可是一旦这个日子来到了，事情又闹到这个地步，弄得我几乎提不起兴致了。"现在她急于要走，因为最后这段时间她觉得实在难以忍受。

"你打算怎样和那威尔士人了结？"她问。

威尔士人向亨利订了一幅广告画，亨利已经画完，可是那威尔士人却不想要了。

"我不知道。"亨利说。

他在被子里缩成了一团，只看得见他的头发和一小片耳朵。他有气无力慢慢地说：

"我想睡上一个星期。"

"再见了，宝贝。"吕吕说。

"再见。"

她俯身向着他，掀起一角被子在他额头上亲了亲。她在楼道里待了很久，下不了决心关上屋门。过了一阵，她转过身去猛地拉住门把。她听到了砰的一声，以为自己要晕倒了。她体验到一种感觉，如同人们往父亲的灵柩上扔下第一铲土的时候一样。

"刚才亨利表现得不太好。他完全可以起来把我送到门口的。我觉得，若是由他来关门我就不会那么伤心了。"

四

"她竟这么干!"丽蕾特两眼望着远方说,"她竟这么干!"

那是晚上。六点左右皮埃尔给丽蕾特打了电话。于是她来到圆顶酒家和他见面。

"你不是今天早上九点钟和她有约吗?"皮埃尔问。

"我见过她了。"

"她没有异常表现吗?"

"没有,"丽蕾特说,"我没有发现异常。她有点累,她告诉我你走了之后她没有睡好。因为她一想到能去尼斯便非常兴奋,并且还有点害怕那个阿尔及利亚侍者……哦,她还问我是否相信你买了头等车厢的车票。她说能坐头等车厢旅行是她毕生的梦想。

不，"丽蕾特肯定地说，"我保证她脑袋里绝对没有这种想法。至少我们在一起的时候是这样的。我和她一起待了两个小时。对于这种事情，我的眼力是不错的。要说有什么事情瞒过了我的眼光那才怪呢。你会说她这个人城府很深，可是我认识她已经四年，我在各种场合都见过她，我对我的吕吕真可谓了如指掌。"

"那么是泰克西耶夫妇促使她下的决心喽。那就怪了。"

他沉思片刻接着说：

"我纳闷是谁把吕吕的地址告诉他们的。是我选的这家旅馆，她以前从未听说过。"

他漫不经心地在手里摆弄着吕吕的信。丽蕾特很恼火，因为她很想看这封信，但他又不让她看。

"你什么时候收到的？"她终于发问。

"信吗？……"

他随即把信递给了她。

"给你，你看吧。大概有人在一点钟左右放在门房那里的。"

那是一页薄薄的紫色信笺，是烟草店里出售的那种信纸。

亲爱的宝贝：

　　泰克西耶夫妇来找我（我不知道是谁把地址给了他们）。我将会使你很难过。我不走了，我的心肝宝贝，亲爱的皮埃尔。我要留下来和亨利待在一起，因为他太不幸了。今天早上他们去看过亨利，他不愿意开门。泰克西耶夫人说他已经不成人形了。他们两口子非常善解人意。他们理解我的原因。她说一切过错都是他的，并且说他是一头熊，但是他的本质不坏。她还说，是得让他尝尝这个苦头他才能明白爱你有多深。我不知道是谁把我的地址告诉他们的。他们没有说。可能是今天早上我和丽蕾特一起走出旅馆时，他们偶然看见我的。泰克西耶夫人对我说，她很清楚她在要求我做出巨大的牺牲，但是她很了解我，相信我一定会答应的。我非常遗憾放弃了我们美好的尼斯之旅，我的心肝。但是我想你将是我们这几个不幸人中的最幸运者，因为你毕竟一直拥有我。我整个身心都是属于你的。我们仍然可以像过去一样经常见面。但是，假如亨利失去了我，他会自尽的。我对他是不可缺少的。我向你保证，感到自己身负如此的重任并不轻松。我希望你不要愁眉苦脸，我很害怕你那种样子。你也不愿我感到内疚，是吗？过一会儿，我要回到亨利那里。我想到要在这种情况下见到他，心里不免有点慌乱。但是我会有勇气向他提出我的条件的。首先，我要更多的自由，因为我爱你。我要他别管罗贝尔，要他今后永远不再说妈妈的坏话。亲爱的，我很伤心，我真希望你能在我身边，我想你。我要紧紧地靠在你的怀里，感受你对我全身的抚摸。明天五点钟我会去圆顶酒家。

吕吕

"我可怜的皮埃尔！"

丽蕾特抓住他的手。

"我要告诉你，"皮埃尔说，"我尤其为她感到惋惜！她很需要空气和阳光。但是既然她已经这样决定了……我母亲对我大发雷霆，"他接着说，"别墅是她的，她不愿意我带一个女人去那里。"

"啊！"丽蕾特断断续续地说，"啊！那太好了。那么这一来便皆大欢喜了！"

她松开皮埃尔的手。不知为什么，她内心涌起一种苦涩的懊恼之情。

一个企业主的童年

"我穿着小小的天使服样子十分可爱。"波蒂埃太太对妈妈说，"您的儿子真招人喜欢，他穿着那身小小的天使服，样子好可爱。"布法迪埃先生把吕西安拉到他的两腿之间，摸着他的手臂说："真像个小女孩，"他笑着说，"你叫什么名字？雅克琳娜，吕西安娜，还是玛尔戈？"吕西安涨红了脸说："我叫吕西安。"他也不能完全肯定自己不是一个女孩，因为许多人一边亲他一边叫他小姐。人人都觉得他那薄纱翅膀，蓝色的长裙，赤裸的小胳膊以及金黄的鬈发非常招人喜爱。他害怕别人突然决定他不再是个小男孩了。他抗议也是徒劳的，谁都不会听他的。除了睡觉的时候，人家再也不许他脱下裙子。每天早上醒来时，他便发现裙子就在床头。白天他要小解时，必须像内奈特那样撩起裙子蹲下来。人人都会对他说：我漂亮的小姑娘。可能事情已经到了这个地步，我是一个小女孩了。他觉得自己的内心是如此温柔，觉得这有一点令人沮丧。他的嗓音如同清脆的笛声从嘴里飘逸而出，他还用圆弧形的动作向大家献花。他很想亲吻自己的肘弯。他想这不是真的。他很愿意这不是真的。但是狂欢节的最后一天他玩得更加尽兴。那一天家里给他穿上了皮埃罗①的服装，他和里黎在一起又跑又跳又喊。他们藏在桌子下面，他妈妈用长柄眼镜轻轻地敲了他一下说："我为我的小儿子感到骄傲。"她身材魁梧，长得很美，是在场的女士中最胖、最高的一位。他经过铺着白桌布的长餐桌时，正在喝香槟酒的爸爸把他从地上抱起，唤道："小家伙!"他真想哭出来，喊一声"嗳!"他要了一杯橘汁，因为是冰镇的，以前家里人不让他喝冰镇饮料。可是这一回，人家给他在一个小小的杯子里倒了一点点。橘汁有点黏糊糊的味道，并不很凉。吕西安想起他生重病时喝过的掺了蓖麻油的橘汁，于是放声大哭起来。他

---

① 皮埃罗，法国哑剧中的典型人物。他全身穿白衣，面部涂白粉。

在汽车里坐在爸爸和妈妈中间时，觉得心里好受多了。妈妈把吕西安紧紧搂在怀里。妈妈怀里很温暖，而且香喷喷的。她全身都是柔软的丝绸服装。汽车里不时地变成粉笔般一片白。吕西安眨了眨眼睛，妈妈衣襟上的紫罗兰从阴影里突现出来，吕西安一下子闻到了它的香味。他还在轻轻地抽泣，但他觉得自己又湿又痒，像橘汁那样有点黏黏的。他真想在自己小小的浴缸里扑水玩，让妈妈用海绵替他擦洗。家里允许他睡在爸爸和妈妈的卧室里，跟他小时候一样。他笑着，把他的小床的弹簧弄得吱嘎作响。爸爸说："这孩子兴奋过度了。"他喝了一点橘花水，看见爸爸只穿着衬衣。

　　第二天，吕西安肯定自己忘了点什么事。他清楚地记得自己做过的梦：爸爸和妈妈穿着天使服。吕西安光着身子坐在便盆上敲着小鼓，爸爸和妈妈在他周围飞来飞去。那是一场噩梦。但是在梦前还发生过别的事情。吕西安大概醒了。他试图回忆时，他见到了一条被一盏小蓝灯照亮的又黑又长的地道，那盏灯和父母卧室里晚上点亮的值夜灯几乎一模一样。在这昏暗和蓝色的黑夜尽头，有个什么东西掠过——白色的东西。他坐在地上妈妈的脚边，拿起他的小鼓。妈妈问他："你为什么这样看着我，宝贝？"他低下头，一边敲鼓一边喊："嘣，嘣，塔啦啦嘣。"但她转过头去时，他便开始仔细打量她，仿佛第一次看见她。那件蓝色带玫瑰花的连衣裙他是认得的，那张脸他也是认得的。但是又不一样了。突然，他觉得想起来了。假如他再继续想一小会儿，就会想出个结果了。那地道里只有灰白色的光亮，可以看见有什么东西在晃动。吕西安害怕了，他喊了起来。于是地道消失了。"怎么啦，小宝贝？"妈妈问。她跪在他身边，神情很不安。"我闹着玩呢。"吕西安说。妈妈身上发出香味，但是他害怕妈妈碰自己。他觉得妈妈的样子很怪，爸爸的样子也很怪。他决定从此再不去他们的卧室睡觉了。

以后几天里，妈妈没有发现什么不正常。吕西安依然像往常一样穿着裙子，但又像个真正的小男人和她闲聊。他要妈妈给他讲《小红帽》的故事。妈妈抱他坐在膝盖上。她翘起一个指头，面带笑容，一本正经地给他讲狼和小红帽的外婆。吕西安看着她，不断地问："后来呢？"有时候，他摸摸妈妈脖子上的发卷。可是，他没听她讲，他在思索她到底是不是他真正的妈妈。她讲完故事后，他说："妈妈，给我讲讲你小时候的事。"于是，妈妈就讲了，但是她可能在撒谎。也许她从前是个小男孩，家里给她穿了裙子——就像那天晚上给吕西安穿上裙子，为了装成女孩子她便继续穿了下去。他轻轻碰了碰她那美丽的胖胳膊，它们在丝绸衣服底下像黄油一样柔软。假如脱下妈妈的长裙，让她穿上爸爸的长裤，将会怎样呢？也许她立即会长出一小撮黑黑的胡须。他竭尽全力抱住妈妈的胳膊。他觉得妈妈就要在他的面前变成一头令人厌恶的野兽——或是变成一个游乐场上那种长胡子的女人。她张开大嘴笑了，吕西安看见了她玫瑰色的舌头和喉咙深处。那里很脏，他真想往里面吐口痰。"哈哈哈！"妈妈说，"你搂得我好紧，好儿子！再使点劲儿。你爱我有多深就搂多紧。"吕西安捧起那只戴满了银指环的漂亮的手，在上面印满了亲吻。第二天，吕西安坐在便盆上，她坐到他身边，拿起他的双手对他说："使劲屏气，吕西安，使劲，我的小心肝，我求你了。"他突然停止屏气，有点气喘吁吁地问她："无论如何，你是我的亲妈妈吧？"她对他说："小傻瓜。"并且问他是不是快要解出来了。从那天起，吕西安肯定她在装腔作势，从此他再也不说长大以后要娶她了。但是她还不太清楚她搞的什么名堂。可能是在他梦见地道的那一天夜里，有几个贼前来把爸爸和妈妈从床上拉起来，让他们去干他们的勾当。或者，那就是爸爸和妈妈。他们白天扮演一种角色，夜里又扮演一种截然不同的角色。因此，圣诞节夜里他惊醒后看见爸爸和妈妈正把玩具放进壁炉，他也不感到惊奇了。第二天，他们大谈圣诞老人，吕西安便假装相信他们。他以为这就是他们扮演的角色，玩具大概是他们偷来的。二月份他得了猩红热，玩得很痛快。

病愈后，他便总是装成孤儿。他坐在草坪中央大栗树下，双手捧满了土。他想："我将成为一名孤儿，我的名字叫路易。我已经六天没有吃东西了。"女佣日耳曼娜来叫他吃午饭。在餐桌上他继续装孤儿。爸爸和妈妈什么也没有察觉。他被几个贼人收容，他们要把他训练成一个扒手。他吃完饭就要逃走，要去举报他们。他吃得很少，喝得也不多。他曾在《守护天使客店》这本书里读到过，饿极了的人吃的第一顿饭应该比较清淡。这很有意思，因为人人都在演戏。爸爸和妈妈装扮成爸爸和妈妈，妈妈装作很烦恼，因为她的小宝贝吃得太少了。爸爸装作在看报，还不时用手指在吕西安的面前晃动，说着："巴达嘣，巴达嘣！"吕西安自己也在演戏，但是到后来他自己也不很清楚到底在演什么了。演孤儿？或是演吕西安？他望着盛水的长颈瓶，瓶底有一小片红光在跳跃。可以打赌，爸爸那只手指头上长着小黑毛，并且能发光的大手就在瓶子里。忽然间，吕西安觉得那长颈瓶也装作是一只长颈瓶。结果，他几乎没有吃菜，因此下午饿极了，只得去偷了十几枚李子吃，差一点闹得不消化。他觉得自己很讨厌继续装扮吕西安了。

然而，他又不得不装扮下去，他觉得自己一直是在演戏。他很想和丑陋而庄重的布法迪埃先生一样。每次布法迪埃先生前来和他们共进晚餐，他总是俯身吻着妈妈的手说："亲爱的夫人，我向您深深致意。"吕西安站在客厅中央，不胜钦佩地看着他。但是吕西安自己的事却没一件是庄重的。他摔了跤隆起一个包时，有时会停止哭泣问自己："我真的很疼吗？"于是，他感到更加伤心，哭得更欢了。有时他吻着妈妈的手对她说："亲爱的夫人，我向您深深致意。"妈妈便边弄乱他的头发边说："小东西，这样不好，你不应该嘲笑大人。"于是他感到完全泄气了。他只在每月的第一和第三个星期五才觉得自己有点重要。那两个日子，很多太太前来看望妈妈，总有两三位女士正在服丧。吕西安喜欢身着丧服的女士，尤其是那些长着大脚的太太。总的说来，他喜欢和大人们在一起，因为他们都非常体面。他从不愿想到大人们上了床就忘乎所以，再顾不上小男孩干的那些事。她们身上穿着那么多衣服，颜色又那么深，人们简直想象不出衣服下面都有些什么。她们在一起的时候，吃这吃那，又说又笑，笑得一本正经，像望弥撒时一样。他们把吕西安当个人物。库凡太太常把吕西安抱在她的膝盖上，一边摸着他的腿肚一边宣称："这是我见过的最漂亮的小宝宝。"接着，她便问他有哪些爱好，她亲吻他，还问他将来想做什么。有时他说想成为一位像贞德那样伟大的将军，从德国人那里收复阿尔萨斯-洛林地区；有时又说想当一名教士。在他说这些话的时候，他相信自己说的是真的。贝斯太太是一位又高又大还长着一片小胡子的女士。她常把吕西安弄得朝后仰，一边胳肢他一边管他叫"我的宝贝娃娃"。吕西安十分开心，他乐得前仰后合，在她的胳肢下来回扭动身体。他想自己是一个小玩具娃娃，大人们的一个可爱的小玩具娃娃。他真想让贝斯太太脱去他的衣服，把他当成一只橡皮娃娃放到一个小小的摇篮里睡觉。有时候，贝斯太太会问："我的娃娃会说话吗？"接着她便突然擤一下他的肚皮。于是，吕西安便装作像个机械娃娃，捏紧喉咙喊一声："哇！"两人便都大笑起来。

每周六都来家里吃午饭的本堂神甫大人问他是否很爱妈妈。吕西安很爱他漂亮的妈妈和健壮而和蔼的爸爸。他小大人般地望着本堂神甫，答道："是的。"全体宾客哄堂大笑起来。神甫的脑袋像一颗又红又粗糙不平的覆盆子，每一个小孔里长出一根毛发。他对吕西安说这很好，应该热爱自己的妈妈。随后他又问吕西安，在他妈妈和仁慈的上帝之间他更爱谁。吕西安无法立即猜出正确的答案。于是他晃动鬈发，两脚在地上乱踢，一边喊着："嘣，塔啦啦嘣。"大人们便继续交谈，仿佛吕西安不存在似的。他跑到花园，从后门溜到了外面。他带着那根小小的白藤手杖。当然吕西安不应该走出花园，这是禁止的。平常吕西安是一个很乖的小男孩，可是这一天他却很想反抗一下。他用怀疑的目光望了望庞大的荨麻丛。显然那是一片禁地。墙是黑乎乎的，荨麻是可恶的有害植物，有一条狗正好在荨麻下面方便过。可以同时闻到植物、狗屎和热酒的味道。吕西安一边用他的手杖抽打着荨麻，一边喊着："我爱妈妈，我爱妈妈！"他看见被折断的荨麻十分可怜地挂在那里，流淌着白色的汁液。它们那毛茸茸的白色茎秆折断时都疏解开了。他听到一个孤独的声音在轻轻地喊着："我爱妈妈，我爱妈妈！"一只很大的绿蝇在嗡嗡叫。这是一种很会拉屎的苍蝇，吕西安很害怕。这时，一股难闻的强烈的腐臭味静静地充塞了他的鼻腔。他不停地说着："我爱妈妈。"但他觉得自己的声音很怪，突然感到一阵恐怖，于是一溜烟跑回了客厅。从这天起，吕西安明白了他不爱他妈妈。他并不觉得心里有愧，但是他表现得益发乖巧，因为他想人的一生就必须装作很爱自己的父母，否则他就是个坏孩子。弗勒里耶夫人觉得吕西安越来越温顺。恰巧那年夏天战争爆发，爸爸上前线打仗去了。由于吕西安格外善解人意，妈妈才在忧伤之中感到了几分欣慰。下午，妈妈觉得难受，在花园里的帆布躺椅上休息，吕西安忙去拿来一个靠垫塞在妈妈的头下，或者找来一条毯子盖在她腿上。妈妈一边推辞，一边笑着说："乖儿子，我会太热的。你真懂事！"于是他抱住妈妈狂吻起来，弄得上气不接下气，一边喊着："我的亲妈妈！"随后，他走到栗树下面坐下。

他说一声"栗子树!"便等着。但是什么事也没有发生。妈妈躺在游廊里,在一片令人窒息的沉寂之中显得非常渺小。到处散发着热烘烘的青草气息,本来吕西安可以装扮成原始森林中的探险家,但此时他无心玩耍。空气仿佛在墙的红顶上颤动,阳光在地上和吕西安的手上射下了灼热的斑点。"栗子树!"他对妈妈说"我漂亮的妈妈"时,妈妈笑了;而他管日耳曼娜叫火枪时,她哭了,还到妈妈那里去告状。可是当他说栗子树时,却什么反应也没有。于是他咬牙切齿地骂"该死的树",他心里还不踏实。由于大树纹丝不动,他便更加大声地不断高喊:"该死的树,可恶的栗子树!你等着瞧,等着吧!"接着狠狠地踢了它几脚。但是大树仍然静静地,静静地耸立在那里,仿佛是个木头人。所有这些事叫人很不愉快。晚餐时吕西安对妈妈说:"妈妈,你知道吗?那些树是木头做的。"同时做出一副妈妈很喜欢的惊奇的小模样。弗勒里耶太太这天中午没有收到信,因此冷冷地说:"别装出傻样子。"吕西安现在变得常常毁坏东西。他把所有的玩具都拆了,为了看看它们是怎么做的。他用爸爸的一把旧剃须刀把扶手椅的扶手都划破，把客厅里的塔纳格拉小塑像①打翻在地，为了知道它是否空心的，里面有没有什么东西。他外出散步时，用他的手杖砍杀那些植物和花卉。每一次，他都深深感到失望。东西是没有灵性的，它们并不是真正存在的。妈妈经常指着一些花和树问他："这个叫什么？"吕西安总是摇摇头回答："这东西什么都不是，它没有名字。"所有这些都不值得注意。把蚂蚱的腿揪下来要好玩得多，因为它能像一只陀螺在你的手指间震颤。而且，如果你摁住它的肚子，它还能吐出一种黄色的浆液来。不过总而言之蚂蚱是不会喊叫的。吕西安很想把那种弄疼了会叫喊的小动物拿来试验试验，例如母鸡。但是他不敢接近它们。三月份，弗勒里耶先生回到家里，因为他是一位厂长。将军对他说，他回来领导他的工厂比和普通人一样待在战壕里会更加有用。他觉得吕西安有了很大变化，并且说简直认不出自己的小儿子了。吕西安如今变得懒洋洋的。他回答问题时有气无力，总是把一个指头放在鼻孔里，或是吹吹自己的指头然后闻闻它们的味道。要他办点事情必须求他才行。现在，他自己一人去厕

———————

① 指出土于希腊塔纳格拉村的两千年前的陶土女像。

所，只需把厕所的门留一条缝，妈妈或日耳曼娜不时前来鼓励他。他往往一连几个小时坐在他的宝座上，有一次他竟然厌烦得睡着了。医生说他发育得太快，给他开了一种滋补的药品。妈妈想教吕西安几种新的游戏，但是吕西安觉得这类游戏已经玩腻了，它们都大同小异，总是老一套。他经常赌气：这也是一种游戏，但是很好玩。这样可以让妈妈难过，自己也可以自怨自艾。他装聋作哑，双眼蒙眬，对外部世界不闻不问，内心却感到温馨舒适，如同晚上躺在被窝里可以感受到自身的气息那样，仿佛自己是世界上唯一的存在。吕西安动不动赌气，爸爸用嘲讽的口吻对他说："你成赌气包了。"吕西安于是哭着在地上打起滚来。妈妈有客人时，他还常常去客厅。但自从家里把他的鬈发剪去后，大人们便不太注意他了。他们要不给他讲大道理，要不就是给他讲一些有教育意义的故事。他的表兄里黎因为躲避轰炸和他漂亮的妈妈贝尔特姑妈一起来到费罗尔，吕西安非常高兴。他想教里黎玩。但是里黎满脑子想的都是憎恨德寇的事，尽管他比吕西安大六个月，仍然孩子气十足。他满脸雀斑，对许多事情都不很明白。然而吕西安还是对他透露了自己是一个梦游者的秘密。有的人夜里会起来，睡着觉说话并且到处游荡。吕西安在《小探险家》这本书里读到过。而且他想应该有一个真正的吕西安，他在半夜里真的会走，会说话，并且爱着自己的父母。只是到了天亮，他便忘记了一切，重新开始假装成吕西安。起初，吕西安对这件事只是半信半疑。但是有一天他们来到了荨麻丛，里黎把自己的小鸡鸡露给吕西安看，说："你瞧，它多大，我已经是个大男孩了。到它完全长大，我就成了男子汉，可以上战场去打德寇了。"吕西安觉得里黎很奇怪，大笑不止。"把你的那个给我看看。"里黎说。他们比了比，结果吕西安的比里黎的小，但这是里黎要了花招，他把自己的故意拉长了。"我的比你的大。"里黎说。"是的，可我是个梦游者。"吕西安平静地说。里黎不明白什么是梦游者，吕西安只得向他解释一番。解释完了，他想："我确实是一个梦游者。"于是他极想放声大哭一场。他们两人睡在同一张床上，因此两人商定第二天夜里里黎不能睡着。当吕西安夜里起来时，由里黎观察他的一举一动，并且记住他说的全部话语。"过了一阵你就把我弄醒，"吕西安说，"看看我是不是记得自己做过的事。"晚上，迟迟不能入睡的吕西安听见了响亮的鼾声，他不得不把里黎弄醒。

"桑给巴尔！"里黎说。"里黎，醒醒，你得在我起来时看着我。""别闹，让我睡觉。"里黎含混不清地说。吕西安摇晃他，手伸到他睡衣下掐他。里黎的两腿乱踢乱蹬起来，终于醒了，两眼瞪得大大的，露出一副奇怪的笑容。吕西安想起爸爸要给他买的自行车，还听到了火车头的汽笛声。忽然间，女仆进来拉开了窗帘，已经是早晨八点钟了。吕西安从来不知道自己在夜里干了什么。仁慈的上帝是知道的，因为他能洞察一切。吕西安跪在跪凳上，竭力表现得很乖，想让妈妈在望完弥撒后夸他一番。但是他讨厌仁慈的上帝，因为仁慈的上帝比吕西安自己更了解吕西安。他知道吕西安不爱他妈妈和爸爸，知道吕西安假装很乖，而且晚上在床上摸自己的小鸡鸡。幸好，仁慈的上帝不能全部记住，因为全世界有那么多的小男孩。当吕西安拍着自己的脑门说"皮科坦"时，仁慈的上帝便立即忘记了他看见的事情。吕西安还努力让仁慈的上帝相信他是爱妈妈的。他不时在脑子里想着："我多么热爱我亲爱的妈妈！"然而他身上总还有一个小小的角落还不太相信，仁慈的上帝当然能见到这个角落。那样的话，便是他赢了。但是有时候，人们能够完全融入自己说的话里面。当你口齿清楚迅速说出"哦，我多么热爱我的妈妈"时，你便能看见妈妈的面孔，觉得非常动情，你会含糊地想着，仁慈的上帝正在看着你。随后，你甚至不再想了，你会柔情满怀。再后来，便会有几个字在你的耳边跳跃：妈妈，妈妈，**妈妈**。当然，它只是一闪而过，如同吕西安试图用两条腿使椅子保持平衡。但是，假如正好有人在这个时候说了一声"帕科塔"，那么仁慈的上帝将会受骗上当。他只看到了好事，而且他所见到的一切将永远铭刻在他的记忆中。但是这种游戏吕西安玩腻了，因为要付出的努力太大了。而且无论如何你永远不会知道仁慈的上帝到底赢了还是输了。吕西安不再关心上帝的事了。他第一次领圣体时，神甫说他是教理课上最乖、最虔诚的小男孩。吕西安能迅速领会，他的记忆力很好，但是脑子里乱成一锅粥。

每星期日他比较清醒。当吕西安和爸爸一起在通往巴黎的公路上散步时，他脑子里的云雾便驱散了。他身穿漂亮的水手服，他们会遇到一些爸爸厂里的工人。他们向爸爸和吕西安致意。爸爸走向他们，他们便说："弗勒里耶先生，您好！"还说："小东家，您好。"吕西安很喜欢那些工人，因为他们是大人，可是又和其他大人不同。首先，他们叫他先生。其次，他们都戴着鸭舌帽，有着一双双剪掉指甲的粗大的手。那是一些皲裂的受苦人的手。他们是一些可尊敬的人，而且也尊重他人。不可以去拔布利戈老爹的胡子，否则爸爸要骂吕西安的。布利戈老爹为了和爸爸交谈，摘下了帽子，但是爸爸和吕西安却仍然戴着帽子。爸爸说话时，声音响亮、粗重但悦耳。他问："喂，布利戈老爹，等着儿子回家哪？他什么时候回来休假呢？""这个月底，弗勒里耶先生，谢谢，弗勒里耶先生。"布利戈老爹显得很高兴，他绝不会像布法迪埃先生那样贸然在吕西安的屁股上拍一巴掌，叫他一声小顽童。吕西安很讨厌布法迪埃先生，因为他太丑了。但是他见到布利戈老爹时，他便会觉得满怀柔情，很想做一个善良的人。有一次散步回来，爸爸把吕西安抱在膝盖上，对他解释什么是头头。吕西安很想知道爸爸在工厂里是怎样和工人们讲话的，于是爸爸便告诉他应该怎么办，他的嗓音也完全变了。"我是不是也会成为一个头头？"吕西安问。"当然喽，我的小乖乖，正因如此我才把你带到这个世界上来。""那我将指挥谁呢？""我死以后，你将成为我工厂的老板，你将要指挥我的那些工人。""可是他们也要死的。""那你就指挥他们的孩子。你得学会让人服从和让人爱戴。""我怎样才能让人爱戴呢，爸爸？"爸爸想了想说："首先你必须记住他们每个人的名字。"吕西安深受感动。当工头莫雷尔的儿子来家里报告他父亲的两个手指被轧掉时，吕西安同他既严肃又和蔼地谈了话，两眼直盯着他的眼睛，并且直呼他莫雷尔。妈妈说她为自己有一个如此善良，如此富有同情心的儿子感到骄傲。不久以后便停战了。爸爸每天晚上都大声读报，大家都在谈论俄国人、德国政府和赔偿问题。爸爸在一张地图上把一些国家指给吕西安看。吕西安度过了一生中最令人厌烦的一年。他更喜欢打仗的时候。现在，人们都仿佛无所事事。库凡太太两眼发出的光芒已经熄灭了。一九一九年十月，弗勒里耶太太让吕西安作为走读生上了圣约瑟学校。

热罗迈神甫的办公室里很热。吕西安站在神甫的扶手椅旁，双手放在背后，心里十分烦恼。他想："妈妈怎么还不走啊！"可是弗勒里耶太太还不想走。她坐在一张绿色扶手椅的边上，把丰满的胸部朝向神甫。她说话很快，声音像唱歌，正如她生了气但不愿表露出来的时候那样。神甫缓缓地说着，从他嘴里说出来的字似乎比别人说出来的长得多。仿佛这些字像大麦糖，神甫在放走它们之前要一一吮吸过。他告诉妈妈，吕西安是一个有礼貌且勤奋的好孩子，但可怕的是他对一切事物都漠不关心。弗勒里耶太太则说她非常失望，因为她原以为换了环境能对他有好处。她问，至少在课间休息时他是否也玩。"很遗憾，夫人，"善良的神甫说，"甚至游戏似乎也不大能引起他的兴趣。有时候他也好动，甚至有点过火。但是他很快便厌倦了。我认为他缺乏恒心。"吕西安想："他们是在谈论我呢。"他们是两个大人，他和战争、德国政府或普万卡雷①先生一样，成了他们的话题。他们的神情严肃，正在分析他的情况。但是这种想法并没有使他高兴。他的耳朵里灌满了他母亲唱歌般的话语以及神甫那些被吮吸过、黏糊糊的话语。他真想哭。幸好铃响了，他获得了自由。但是在地理课上他非常烦躁，于是他请求雅坎神甫准许他上厕所，因为他需要活动活动。

首先，清新、孤独和厕所的好味道使他得以平静。为了问心无愧，他蹲了下来，但是他并没有便

---

① 普万卡雷(1860—1934)，法国政治家，曾先后担任过法国总统、总理和外交部长。

意。他抬起头，开始看那些涂满门板的题词。有人用蓝色的粉笔写了"巴拉托是一只臭虫"。吕西安笑了。他想，确实如此，巴拉托是一只臭虫，他的个子很小。大家说他可能会长高一点，但可能性极小，因为他爸爸的个子很矮，几乎是一个侏儒。吕西安心里想，不知巴拉托是否看到了这句题词。他觉得他没有看到。否则这句话早就被擦掉了。巴拉托一定会吮湿了手指，把这几个字一一擦掉的。吕西安高兴地想到，巴拉托四点钟将会来上厕所。当他脱下条绒小短裤，便会看见"巴拉托是一只臭虫"这句话。也许他从未想到过自己那么矮小。吕西安打定主意，决定从第二天上午课间休息起就叫他臭虫。他站起来，看见右面墙上另外一句用同一种蓝色粉笔题写的话："吕西安·弗勒里耶是一根大芦笋"。他仔细地把这几个字一一擦掉后回到了课堂。"确实如此，"他一边看周围的同学一边想，"他们都比我矮。"于是他觉得很不自在。"大芦笋"。他坐在自己那张用安的列斯群岛的木材做的小书桌前。日耳曼娜在厨房里干活，妈妈还没有回家。他在一张大白纸上写下"大芦笋"，为了好好地认认这个词。但是这个词太熟了，以至于他反倒觉得没有把握了。他喊着："日耳

曼娜，我的好日耳曼娜！""您还要什么？"日耳曼娜
问。"日耳曼娜，我想要你在这张纸上写'吕西安·
弗勒里耶是一根大芦笋'。""您疯啦，吕西安少爷？"
他双臂抱住日耳曼娜的脖子恳求地说："日耳曼娜，
我的小日耳曼娜，求求你了。"日耳曼娜笑了，在围
裙上擦了擦她那油腻的手指。她写的时候，吕西安没
有看她。但是，他随后便把这张纸拿回房间，久久地
推敲。日耳曼娜的字体细长，吕西安觉得听到了一种
干巴巴的声音在他的耳边说"大芦笋"。他想"我个
子很高"。他觉得羞愧得无地自容。巴拉托太矮，自
己又太高，真是半斤八两。人家一定在背后讥笑我
呢。仿佛这是命里注定的。直到目前为止，他总是自
上而下地看着自己的同学，他觉得这很自然。但是现
在，似乎突然间他被判定今后一辈子都要成为大个子
了。晚上他问父亲，假如他竭尽全力能否使自己变
矮。弗勒里耶先生说这不行。所有弗勒里耶家族的人
都是又高又壮的，吕西安还会再长呢。吕西安非常失
望。当母亲替他塞好被子，他又从床上起来去照镜
子。"我真高。"他想。但是照了也是徒劳，因为镜
子里看不出来。他的个子不高也不矮。他略微拉起睡
衣，看见了自己的双腿。于是他便想象出科斯蒂尔对

埃布拉尔说："喂，瞧那芦笋的两条长腿。"接着便会有人说："芦笋在起鸡皮疙瘩！"吕西安把睡衣拉得很高，他们都看见了他的肚脐和全部秘密。于是他急忙跑回床上，钻进被窝里。他把手伸到睡衣底下时，他想科斯蒂尔一定看见了，还说："快来瞧瞧大芦笋在干什么呢！"他在床上焦躁不安地翻来覆去，嘴里念念有词地说着："大芦笋！大芦笋！"直到后来，他手指底下产生了一种又痒又酸的感觉。

以后几天，他很想请求神甫准许他坐到教室的最后一排。那是因为布瓦赛，温凯尔曼和科斯蒂尔他们几个坐在他后面，可以看见他的后颈。吕西安能感觉得到自己的后颈，但是他看不见它，并且常常把它忘了。但是当吕西安努力回答好神甫的提问，背诵唐·狄埃格①的大段独白时，别的同学在他的后面看着他的后颈。他们会一边讥笑一边想："他的脖子多细，简直像鸡脖子！"吕西安竭力提高声调，表现出唐·狄埃格受到羞辱时的心情。他可以随心所欲地使用自己的嗓子。但是后颈始终在那里，静静的，毫无表

———————————

① 唐·狄埃格，高乃依的悲剧《熙德》中的人物，主人公罗德里格的父亲。他因被罗德里格的情人的父亲打了一记耳光，认为是自己的奇耻大辱。

情，如同一个正在休息的人。而巴赛却能看见它。他不敢换位置，因为最后一排是留给笨学生的。但是他总感到后颈和肩胛有点发痒，他只得不断地搔痒。吕西安想出了一种新的游戏：早上他独自一人像大人一样在卫生间洗盆浴时，他想象总有人在锁眼里看他，有时是科斯蒂尔，有时是布利戈老爹，有时是日耳曼娜。于是他朝着各个方向转动，以便让他们能看见他的各个侧面。有时他把屁股对着房门，四肢着地，让屁股撅起来，样子非常可笑，布法迪埃先生便蹑手蹑脚走过来给他冲洗。一天他在厕所里，听见嘎啦嘎啦的声音。原来是日耳曼娜在给走廊里的餐具橱打蜡。他屏住呼吸，轻轻把门打开走了出去，短裤拖在脚腕上，衬衫绑在腰上。他不得不小步地跳跃向前，以免失去平衡。日耳曼娜向他射来了冷峻的目光。"您在作套口袋跑步吗？"她问道。他愤怒地拉上裤子，奔回自己床上。弗勒里耶太太很伤心，她常常对丈夫说："他小时候那么伶俐，瞧他现在这副傻样，多可惜呀！"弗勒里耶先生漫不经心地看了吕西安一眼，说道："这是年龄关系！"吕西安不知如何处置自己的躯体才好。无论他做什么，他总觉得这具身子不经他同意就无处不在。吕西安很喜欢想象自己是个隐身人。而且为了报复，他还养成了从锁眼里窥视的习惯，以便看看别人在本人毫不察觉的情况下是如何行动的。他在母亲洗澡时看见过她。她坐在浴盆上，样子似睡非睡，她肯定完全忘记了自己的身体，甚至她的面孔，因为她认为没有人能看见她。海绵在这具松弛的肉体上自行来回搓动。她的动作很懒怠，仿佛即将停顿下来。妈妈把肥皂擦在一块毛巾上，随后她的手便消失在两腿之间。她的面容很安详，几乎有点忧伤。她肯定在想别的事情，如吕西安的教育问题或普万卡雷先生。但是在这段时间里，她就是这一大堆粉红色的肉体，这具压在坐浴浴盆珐琅上的庞大身躯。另外一次，吕西安脱掉鞋，一直爬到阁楼上。她看见了日耳曼娜。她身穿一件绿色的长睡袍，一直拖到脚上。她正在一面小小的圆镜前梳头，并且无精打采地对自己发笑。吕西安乐坏了，他放声大笑起来，三步并作两步地匆匆下了楼。此后，他经常对着客厅里的穿衣镜发笑，甚至做鬼脸。过了一阵，他便产生了一种恐怖的感觉。

吕西安终于进入了昏昏欲睡的状态，但是除了库凡太太谁也没有发现他的这种变化。库凡太太管他叫睡美男。有一大团他既不能吞又不能吐的空气使他总是半张着嘴：这是他的呵欠。他独自一人时，这团空气不断膨胀，轻轻地抚弄他的上颚和舌头。他把嘴张得大大的，眼泪便在两颊上往下滚。这是非常愉快的时刻。在厕所里已经不如以前那么好玩了。但是现在他很喜欢打喷嚏，它能使他惊醒，片刻之内他兴奋地环视四周，然后便又昏昏入睡了。他学会了辨认各种各样的睡眠。冬天，他坐在壁炉前，把脑袋伸向炉火。到它变得通红，烤得焦黄时，脑子忽然间就变得空空荡荡，他管这个叫作"脑袋睡觉"。每星期日早上恰恰相反，他用双脚睡觉。他进入浴缸，慢慢地弯下身子，睡意便汩汩作响地从两腿经两腋一直往上传导。昏昏欲睡的雪白躯体在水中胀大起来，像一只水煮母鸡，上面端立着一颗金色的小脑袋。脑袋里装满了诸如圣殿、神庙、地震、破坏圣像者等深奥的词语。在课堂上，睡眠是一片白，时而有些一闪而过的念头，如："你要他做点什么来对付三个人？"第一名吕西安·弗勒里耶。"什么是第三等级？什么都不是。"第一名吕西安·弗勒里耶，第二名温凯尔曼。佩尔罗获代数第一名。他只有一个睾丸，另一个还没有下垂。他让人花两个苏看一眼，十个苏摸一下。吕西安给了他十个苏，犹豫不决地伸出了手，没有摸便走开了。但是后来他懊悔极了，这一来往往能使他清醒一个多小时。他的地质学成绩不如历史，第一名温凯尔曼，第二名弗勒里耶。每星期日，他和温凯尔曼以及科斯蒂尔一起骑车外出漫游。自行车队穿越被炎热烤红了的乡村，在柔软的尘土上滑行。吕西安的双腿肌肉发达、轻快有力，但是一路上沉闷的昏睡气息渐渐渗入他的头脑。他躬身趴在车把上，两眼发红，已经有点张不开了。他曾三次获得优秀奖，因此得到了《法比奥拉或地下墓穴教堂》《基督教精髓》以及《红衣主教拉维热里传》等著作。暑假后返校时，科斯蒂尔给大家讲述了《非凡的孩子》和《梅斯的炮兵》。吕西安决心做得更好，他在父亲的拉露斯医学词典里查了"子宫"这一词条，然后向他们解释了女人的身体结构。他甚至在黑板上画了一幅草图，科斯蒂尔声称这令人作呕。但是从此以后，每当他们听到输卵管这个词时，便不禁哄堂大笑。吕西安自豪地觉得在全法国再也找不出一个中学生，甚至修辞班①的学生，能像他那样熟悉妇女的器官。

弗勒里耶全家举迁巴黎仿佛一道闪亮的镁光。由

①　修辞班为法国中学的最高班。

于看到形形色色的电影院、五花八门的汽车和光怪陆离的街道，吕西安久久不能入睡。他学会了区分邻里牌和帕卡尔牌轿车；区分伊斯帕诺-苏伊萨牌和罗尔斯牌轿车。他还能在一些场合谈论低车身的轿车。一年来，他身着长长的短裤。为了奖励他在中学会考第一部分取得的好成绩，他父亲送他去英国游览。他见到了吸足了水的草地和白色的悬崖峭壁。他和约翰·拉蒂默玩了拳击，学会了由上朝下的出击手法。但是有一天早上他醒来时仍然昏昏沉沉，于是他再度陷入了半醒半睡的状态。他昏昏沉沉回到了巴黎。孔多塞中学的初级数学班只有三十七名学生。有八名学生自诩已经懂得人事，把别人都当成幼稚的娃娃。那些懂得人事的人一直瞧不起吕西安。到了十一月一日万圣节，吕西安和那个最自命不凡的加里外出散步，他漫不经心地表现出对解剖学方面的精确了解，使加里佩服得五体投地。吕西安没有加入懂事者小团体，因为他父母不准他晚上出门，但是他和他们的关系越来越铁了。

每星期四，贝尔特姑妈带着表兄里黎到雷努阿尔街来吃午饭。她变得臃肿而且忧伤，整天唉声叹气。但是她的皮肤仍然细腻白净，吕西安很想看看她一丝不挂时的样子。晚上他躺在床上想着此事：最好是冬季的某一天，在布洛涅森林的一个矮树林里，把她的衣服全都脱光。她将两臂交叉在胸前，浑身起着鸡皮疙瘩，不停地打着冷战。他想象，有一个近视眼过路人用手杖的顶端碰了碰她说："这是什么呀？"吕西安和表兄相处得不大和睦。里黎已经长成一个漂亮的小伙子，但有点过分风雅。他在拉卡纳尔中学上哲学班，对数学一窍不通。吕西安不禁想起里黎七岁多的时候还把屎拉在裤子里，他只得像只鸭子叉开双腿摇摇晃晃地走路，还用天真的目光望着他妈妈说："不，妈妈，向你保证，我没有拉。"因此吕西安很讨厌碰里黎的手。然而他对里黎非常友善，给他讲解数学课程。他往往需要做出很大努力来克制自己的急躁，因为里黎不太聪明。但是他从不发火，而且始终保持稳重平静的语调。弗勒里耶太太觉得吕西安很有办法，但是贝尔特姑妈却毫不领情。吕西安向里黎建议替他补课时，她便会涨红了脸，在座椅上焦躁不安地说："不，你心眼太好了，我的小吕西安。但是里黎已经是个大小伙子，如果他愿意倒也无妨，不过不能让他养成依赖别人的习惯。"一天晚上，弗勒里耶太太忽然对吕西安说："你也许以为里黎对你为他所做的一切很感激，是吗？我来告诉你，我的乖儿子，你错了！他认为你自以为是，这是贝尔特姑妈对我说的。"

她说话时仍带着固有的唱歌语调，显出一副好脾气的样子，但吕西安明白她愤怒已极。他内心隐隐地感到不自在，不知说什么才好。第二天和第三天他都很忙，因此这件事被他抛在了脑后。

星期日早上，他突然放下笔，自问："我真的那么自以为是吗？"那是早上十一点钟。吕西安坐在书桌前，望着墙壁装饰布上的粉红色小人。他左边的面颊感受到一股四月份首批阳光带来的干燥而多尘的暖意，右边面颊则感受到一种来自取暖器的沉重和闷热的气流。"我真的那么自以为是吗？"很难回答。吕西安首先回忆起和里黎的最后一次见面，然后公正地判断一下自己当时的态度。当时他俯身向着里黎，笑着对他说："你懂吗？假如你不懂，我的老兄，你就直说，不用害怕。咱们以后再谈这个。"过了一会儿，他在进行一项比较难的推理时出了错，于是他开心地说道："我也一样出错。"这是他从弗勒里耶先生那里学来的一个短语，他觉得很有趣。这是个小过失。"可是我说这句话的时候，是否显得自以为了不起呢?"由于他努力地寻找,终于,他突然记起了一种像一团白云似的又白又圆又软的东西。这就是那一天他的想法。他说了:"你懂吗?"于是这一点便印入了他的脑子,但是这很难描述。吕西安竭力想看看这团云,忽然他脑袋向前掉到了云雾里。他被团团水汽所包围,接着自己也变成了水汽,最后他终于成为一股散发着内衣味道的潮湿的白色暖流。他想摆脱这团水汽,朝后退去,但是这水汽始终紧随不舍。他想:"我是吕西安·弗勒里耶,我在自己的房间里,正在做一道物理题,今天是星期日。"但是他的想法渐渐化为一团团白色的雾气。他抖动一下身体,开始辨认墙壁装饰布上的人物。有两个牧羊女,两个牧童,还有一个爱神。接着,他突然自言自语道:"我是……"随后听见轻轻的咔啦一声,他便从长长的梦游中清醒过来了。

这一经历并不令人愉快。牧童朝后跳了过去,吕西安觉得仿佛在用望远镜的大头看着他们。取代这种他感到如此温柔,并且令人快感地逐渐消失在后退之中的惊愕状态的,是一种清醒的困惑,他不禁自问:"我是谁?"

"我是谁?我看着书桌,看着练习本。我叫吕西

安·弗勒里耶，但这不过是个名字而已。我自以为
是，还是不自以为是，我自己也搞不清，这毫无意
义。我是一个好学生。这不是真的，因为好学生是喜
欢学习的，而我却不喜欢。我的成绩很好，但是我不
爱学习。我并不讨厌学习，我不在乎。我对一切都无
所谓。我永远不能成为一个头头。"他不安地想道，
"那么我将成为什么样的人呢？"又过了一阵。他搔
了搔面颊，眨了眨左眼，因为阳光太耀眼了。"我是
什么人呢？"有一股雾气，层层交织、无边无际。
"我！"他望着远方。这个"我"字在他脑海里不断
回响，随后似乎可以隐约看见一样东西，它像阴暗的
金字塔尖，它四周的塔身正消逝在远方的云雾里。吕
西安打了个冷战，他双手在发抖："明白了，"他想，
"明白了！我可以肯定：我并不存在。"

　　在以后的几个月里，吕西安经常试图再次进入昏
睡状态，但是没有成功。他每夜都能睡着九个小时，
其他时候非常清醒。只是他越来越困惑。他的父母说
他从未如此健康。有时他想到自己并不具备当头头的
素质，便觉得怪浪漫的，很想在月光下连续步行几小
时。但是他父母还不准许他晚上出门。于是他经常躺
在床上，给自己测量体温。体温表上显示三十七度五

或三十七度六。吕西安以一种略带苦涩的喜悦心情想到，他父母觉得他脸色很好。"我并不存在。"他闭上眼睛，任凭自己的思想自由驰骋。存在是一种幻觉。既然我知道自己并不存在，我只需把耳朵堵住，什么都不想，我就能自行消失了。但是幻觉很顽固。至少，他由于掌握了一个秘密而对别人有一种带嘲弄意味的优势。例如：加里并不比吕西安更多地存在。为此，只需看着他如何在其崇拜者中间胡乱抖动自己的身体，人们便会立刻明白，他认为自己的存在像钢铁一样牢固。弗勒里耶先生也不存在。无论里黎或其他任何人都不存在。这个世界是一出没有演员的喜剧。吕西安的论文《道德与科学》得了十五分①，因此他想再写一篇《论虚无》。他设想人们读了他的这篇论文后，便会像吸血鬼听到公鸡啼明时那样一一消失。开始论文写作之前，他想征求一下哲学老师勒巴布安的意见。在一堂哲学课结束时他说："请问老师，是否可以认为我们并不存在？"勒巴布安先生说不可以。他说："我思故我在②。既然你怀疑自己的

---

① 法国学校规定满分为二十分。
② "我思故我在"系法国哲学家笛卡儿（1596—1650）的著名命题，原文为拉丁文。

存在，那么你就是存在的。"吕西安不服气，但是他放弃了论文的写作。七月份，他以一般的成绩通过了数学的中学会考，便和父母一起去费罗尔度假。困惑仍然缠绕着他，仿佛憋着想要打喷嚏一样。

布利戈老爹已经去世，弗勒里耶先生的工人们的思想也有了很大变化。他们现在能领到丰厚的薪金，他们的妻子也买得起长筒丝袜了。布法迪埃太太对弗勒里耶太太说了一些令人吃惊的事情。她说："我的女佣告诉我，昨天她在烤肉店里看见了那个小个子安西奥姆，她是你丈夫厂里一个工人的女儿。她母亲去世时，我们曾经关照过她。她嫁给了博佩蒂厂里的一个钳工。你知道吗？她要了一只二十法郎的烤鸡！一副神气活现的样子！现在可没有什么能够满足她们的了。她们想要得到我们所拥有的一切。"如今，每星期日吕西安和父亲一起外出散步时，工人看见他们时只是勉强用手碰一下帽子致意，有的人则为了不打招呼而故意避开了。有一天吕西安遇见布利戈老爹的儿子，他甚至像是认不出他了。吕西安有点恼火，因为这正是证明他是一位头头的好机会。他向儒尔·布利戈射去鹰一般锐利的目光，双手叉在背后向着他走去。但是布利戈似乎并不害怕，因为他以呆滞的目光看了吕西安一眼，吹着口哨和他擦肩而过。"他没有认出我。"吕西安想。但是他极为失望，在以后的几天里，他更加强烈地感到这个世界并不存在。

弗勒里耶太太的小手枪放在五斗橱左边的抽屉里。这是她丈夫一九一四年九月出发上前线之前送给她的礼物。吕西安拿着它在手里把玩了好一阵。这是一件精美的工艺品，金色的枪管，枪托镶嵌着螺钿。不能指望一篇哲学论文去说服人们相信他们并不存在。需要的是行动，一次真正极端的行动。它将能清除表面现象，在光天化日之下揭示世界的虚无。一声枪响，躺倒在地毯上的一具血淋淋的年轻人尸体，以及草草写在一张纸上的几句话："我自杀是因为我不存在。你们也一样，兄弟们，你们也是虚无！"人们早晨读报时将会看到："一名少年的大胆行动！"于是人人都会感到心烦意乱，他们将扪心自问："我呢？我存在吗？"历史上，《少年维特之烦恼》出版时，曾经发生过连锁反应般的自杀事件。吕西安想到"殉难者"这个字在希腊语里的意思是"见证人"。他过于敏感，因而不能当头头，但这不妨碍他成为见证人。后来，他经常来到母亲的小客厅看那把手枪，接着便陷入了精神危机。他甚至手指紧紧地捏着枪托，牙齿咬过金色的枪管。其他时间他还是很快活的，因为他想到所有真正的领袖人物都曾有过自杀的企图，例如拿破仑。吕西安对自己已到了绝望境地并非视而不见，但是他希望能摆脱这场危机，从而使自己得以脱胎换骨。他饶有兴味地读了《圣赫勒拿岛回忆录》。然而，必须做出决定了。吕西安把九月三十日确定为结束犹豫的最后期限。最后几天日子过得极其艰难。诚然，危机不无益处，但是它迫使吕西安处于高度紧张状态，致使他害怕有朝一日会像玻璃一样粉碎。他再也不敢碰手枪。他只满足于打开抽屉，把母亲的套装掀起一角，久久地凝视置于玫瑰色丝绸之中的那个冰凉顽固的小怪物。然而，当他同意活下去时，他感到一种强烈的沮丧，变得整天无所事事。幸好，即将来临的开学使他有无数需要操心的事。他父母把他送到圣路易公立中学的中央高等工艺制造学校预备班就读。他戴一顶镶红边的漂亮橄榄帽和一枚校徽，唱着：

　　　是中央学校预备班的学生①推动了机器

①　法语原文 piston 一词多义，既指活塞，又指法国中央高等工艺制造学校预备班的学生。

是中央学校预备班的学生推动了火车……

"中央高等工艺制造学校预备班学生"这个新的头衔使吕西安感到无比骄傲。而且他的班级与众不同，它有自己的传统和一套礼仪。这是一种力量。例如每一堂法语课结束前一刻钟，总会有一个人问道："圣西尔学校①的学生怎么样？"大家立刻悄声地回答："他们是笨蛋！"于是这个人接着问道："农业学校的学生怎么样？"大家稍为大声地答道："他们是笨蛋！"于是，几乎双目失明，戴了一副黑色眼镜的贝蒂讷先生厌倦地说："先生们，请大家自重！"接着是一片寂静，学生们面面相觑，会心地笑了。随后，又有人大声问道："中央学校预备班的学生怎么样？"于是他们一起大声吼道："他们个个都了不起！"每当这样的时候，吕西安总会感到激动不已。每天晚上，他都要向父母详细报告白天里发生的各种事情。当他说到"于是全班同学都乐了……"或"全班一致决定隔离梅里奈斯"时，这些话说出来仿佛像一口烧酒灼热了自己的嘴。然而，最初几个月过得很艰难。吕西安的数学和物理写作都没有及格，而

~~~~~~~~~~

① 圣西尔学校是法国著名的高等军事学校。

且同学们之间也不太友好。他们大多数人享受助学金，学习非常刻苦却不大正派，而且都有坏习惯。他对父亲说："他们中间没有一个人是我愿意与之交朋友的。"弗勒里耶先生若有所思地说："享受助学金的人是一批知识精英，然而他们将成为坏头头，因为他们过于顺利了。"吕西安听见说到"坏头头"时，感到他的心仿佛被揪紧了，心里很不是滋味。于是，在以后的几天里，他再次想到要自杀。但是他已经没有暑假里的那种热情了。一月份，有一个名叫贝尔利亚克的新生引起了全班的公愤。他穿了几件最时髦的绿色和淡紫色的紧身小圆领上衣以及时装广告画上的那种紧身长裤，真不知道他是如何把它们套到身上去的。一上来，他的数学成绩便是全班倒数第一名。"这无所谓，"他声称，"我是搞文的，我学数学只是为了苦修。"一个月之后，他征服了全班同学。他给大家散发走私香烟，告诉大家他有女人，并且把女人们的来信拿给大家看。全班同学一致认为这是个了不起的家伙，不必去管他。吕西安非常欣赏他的优雅仪表和举止风度。但贝尔利亚克对他十分傲慢，管他叫"阔少"。一天，吕西安这样说道："不管怎样，这总比当穷人的儿子好。"贝尔利亚克笑了，对他说：

"你是个厚颜无耻的小家伙！"第二天，他给吕西安看了他的一首诗："卡鲁佐每晚都要生啖眼睛，除此以外，他和骆驼一样很有节制。一位女士用她全家人的眼睛扎成花束，把它扔到了舞台上。在这一大胆的行动面前，人人都为之倾倒。但是别忘了，她的这一光荣时刻延续了整整三十七分钟，从第一声喝彩直到歌剧院大吊灯熄灭。（后来她必须搀着她丈夫走。他是多次比赛的获奖者，现在只得用两枚军功章填充他血淋淋的眼眶。）请记住：我们当中谁若是吃下了太多的人肉罐头，必将得坏血病死去。""好极了。"吕西安十分窘迫地说。"这首诗我是用一种新技巧写成的，这叫作自动写作。"贝尔利亚克漫不经心地说。过了若干天，吕西安自杀的欲望越来越强烈，他决定征求贝尔利亚克的意见。"我该怎么办呢？"他介绍完自己的情况后这样问道。贝尔利亚克认真地听了他的叙说。他有吮手指头的习惯，吮完便把唾沫涂在脸上的青春痘上。因此他的皮肤有的地方闪闪发亮，就像雨后的路面。"你想干什么就干什么，"他终于发话，"这无关紧要。"他想了想又一字一顿地强调说，"从来一切都无关紧要。"吕西安有点失望。但是下星期四贝尔利亚克邀请他去母亲家里用茶点时，他明白那一天他给贝尔利亚克留下了深刻的印象。贝尔利亚克太太非常和蔼可亲，她的左面颊上长了几个疣和一颗血管痣。"你瞧，"贝尔利亚克对吕西安说，"战争的真正受害者是我们。"这也正是吕西安的看法。于是他们一致同意，他们两人都属于被牺牲的一代。天色渐暗，贝尔利亚克躺在床上，两手枕在后颈上。他们抽着英国烟，留声机上放着唱片，吕西安听到了索菲·塔克和艾尔·约翰逊的歌声。他们两人都变得很伤感。吕西安心想，贝尔利亚克是他最好的朋友。贝尔利亚克问他是否知道心理分析。他的语气很认真，并且很严肃地望着吕西安。他向吕西安透露："直到十五岁，我一直对母亲怀有情欲。"吕西安听了觉得很不自在。他害怕自己脸红了，而且他想起贝尔利亚克太太脸上长着疣，他不明白为什么会有人对她产生那种念头。然而，她给他们送来烤面包片时，他有点心慌意乱，并且试图猜想她穿着的那件黄毛衣里面的胸脯是什么样的。她出去后，贝尔利亚克语气十分肯定地说："你也一样，你一定曾经想过要和你母亲上床睡觉。"他并不是在询问，而是十分肯定。吕西安耸了耸肩说道："当然啦。"第二天，他心里很不安，担心贝尔利亚克把他们的谈话告诉别人。但是他很快便放下心来。他想："无论如何，他比我的责任更大。"他被他们之间秘密谈话所具有的那种科学方式迷住了，于是下一个星期四他去圣热纳维埃夫图书馆读了弗洛伊德一本关于梦的著作。这是一次启示。"原来如此，原来如此！"吕西安在街上一边漫步闲逛，一边不断地说道。随后，他买了《心理分析入门》和《日常生活中的心理病理学》两本书。他觉得一切都豁然开朗。那种认为自己不存在的奇怪现象，那种曾长久地存在于他的意识里的空虚感，他的昏昏欲睡，他的困惑，以及为了认识自己所付出的种种毫无结果的努力，碰来碰去总是一道看不透的雾嶂……"当然啦，"他想，"我有一个情结。"他告诉贝尔利亚克，他小时候是如何想象自己是一个梦游者，而且他从未看清过事物的真面目。他断定："我大概有一个极好的情结。""和我一样，"贝尔利亚克说，"我们都有家庭情结！"他们养成了如何解释梦，甚至最下意识动作的习惯。贝尔利亚克总有那么多的故事要讲，以致吕西安有点怀疑他在编造，至少是美化了。但是他们相处得很好，他们客观地触及了那些最微妙的话题。他们互相承认自己戴了一副快乐的面具来欺骗周围人，而实际上他们的内心非常苦闷。吕西安摆脱了他的忧愁，他贪婪地投身到心理分析的汪洋大海里，因为他认为这是对他最合适的，而且他觉得自己现在很坚强，无须再发火，也不必总是在自己的意识里寻找性格的具体表现。真正的吕西安是深深隐藏在无意识之中的。对他如同对一个亲爱的缺席者，只能想象而永远不得相见。吕西安整天思念着他的情结，并且相当自豪地想象在他意识的雾气之下蠢动的那个阴暗、残酷和强暴的世界。"你知道，"他对贝尔利亚克说，"表面上我是一个麻木不仁，对一切都很冷漠的男孩，是一个不值得关心的人。甚至内心也几乎如此，致使我有点自暴自弃。但是，我很清楚还有其他的方面。""总会有其他方面的。"贝尔利亚克呼应道。于是他们互相骄傲地笑了。吕西安写了一首题为《当迷雾散尽时》的诗歌，贝尔利亚克觉得棒极了。但是他批评吕西安不该用格律诗。可是他们仍然把这首诗背熟了，每当他们谈到各自的 Libido[1]时，便很乐于说那是"蜷缩在雾气大氅底下的巨蟹"，然后便眨眨眼简称其为"巨蟹"。但是过了一

---

[1] Libido，弗洛伊德使用的心理学术语，意为"性欲"，音译"力比多"。

阵，当吕西安独自一人，尤其在晚上时，他开始觉得这一切很可怕。他再也不敢面对母亲。每当他去睡觉前和母亲吻别时，他总担心会有一股邪恶的力量使他的亲吻偏离，从而落到弗勒里耶夫人的嘴上去。这好比他身上背了一座火山。吕西安的行动极其谨慎，以免暴露他发现的那颗浮华和阴暗的灵魂。现在他已了解它的全部代价，而且担心其可怕的觉醒。"我害怕自己。"他自语道。半年来，他已经放弃了孤独的行为，因为它们使他厌倦，而且他的功课很忙。但是他正是回到了老路上。每人都必须走自己的路，弗洛伊德的书里充满了那些不幸的年轻人的故事。他们都因过分突然地放弃原有的习惯而得过神经官能症。"我们会不会变成疯子？"他问贝尔利亚克。事实上，有几个星期四他们感觉很古怪。黑暗悄悄潜入贝尔利亚克的卧室，他们已经抽完了几包含鸦片的卷烟，他们的双手在颤抖。于是，他们中的一个悄然起身，蹑手蹑脚走到门口，拧开门把。一缕黄色的光线射进房间，他们二人满腹狐疑地对视着。

吕西安不久便发现，他和贝尔利亚克的友谊是建立在一种误解之上的。没有人比他更能感受恋母情结那种哀婉动人的美。但是，他从中尤其看到了一种激情力量的征象，并且希望以后把它引向其他目的。贝尔利亚克则恰恰相反，他似乎满足于这种状态，而且无意改变。"我们是不可挽救的人，"他骄傲地说，"是两个完蛋的家伙。""我们永远都成不了事。"吕西安呼应道。"是的，永远都成不了事。"但是他怒气冲冲。复活节度假归来后，贝尔利亚克告诉吕西安，他和母亲在第戎的一家旅馆里曾住在同一个房间。他清晨起床，走到母亲床前。母亲仍在睡觉，他轻轻地掀开被子。"她的睡衣是卷起来的。"他咻咻笑着说。听到这番话，吕西安不禁有点蔑视贝尔利亚克，他感到自己非常孤独。有情结是一件美好的事，但是要学会及时消除它们。假如一个成熟的男人仍保留着幼稚的情欲，那么他如何能担当起指挥别人的重任呢？吕西安焦躁不安起来，他很想听听权威人士的意见，但却不知道找谁才好。贝尔利亚克经常和他谈到一位名叫贝尔热尔的超现实主义者。他对心理分析非常在行，而且似乎对贝尔利亚克影响很大。但是贝尔利亚克从未提议介绍吕西安认识他。吕西安曾指望贝尔利亚克给他介绍女人，他想，拥有一个漂亮的情妇将会自然而然地改变他的想法。但是这份指望落空了，贝尔利亚克再也没有谈起过他那些美丽的女友。

他们有时去逛大街，跟在一些女人的后面，但是他们不敢和她们攀谈。"我的老兄，你想干什么？"贝尔利亚克说，"我们不是那种招人喜欢的人。女人们觉得我们身上有一种让人害怕的东西。"吕西安没有答话。贝尔利亚克开始让他生厌了。他经常拿吕西安的父母开一些十分庸俗的玩笑。他管他们叫软蛋先生，软蛋太太。吕西安很清楚，超现实主义者一般说来是看不起资产阶级的。但是贝尔利亚克曾多次应弗勒里耶太太之邀来家里做客，而且母亲对他十分信任和友好。即使不思感激，只是出于情理，他也不应该用这种口气来谈论她。此外，贝尔利亚克有个可怕的恶习：经常借了钱不还。乘公共汽车时他从不带零钱，每次都得由吕西安替他付车费。在咖啡馆，五次当中只有一次他主动提出付账。一天，吕西安明确告诉他不明白这是为什么，而且他认为同学之间应该大家分摊外出消遣的费用。贝尔利亚克两眼直盯着他说："我早就料到了：你是肛门那类货色。"接着，他便给吕西安解释弗洛伊德的粪便＝黄金的公式及有关吝啬的理论。"我想知道一件事，"他说，"你母亲给你擦屁股一直擦到几岁？"他们差一点闹翻了。

从五月初起，贝尔利亚克开始逃学。课后，吕西安到小田园街的一家酒吧去找他，他们一起喝耶稣受难牌的苦艾酒。一个星期二下午，吕西安发现贝尔利亚克独自一人坐在桌旁，面前是一只空杯子。"你来啦？"贝尔利亚克说，"听着，我得走了。五点钟我跟牙医约好了。你等着我，牙医就在附近，我半个小时就能回来。""没问题。"吕西安在一张椅子上坐下答道，"弗朗索瓦，给我来一杯白味美思。"这时候，有一个人走进酒吧。他发现他们两人时，惊讶地笑了。贝尔利亚克脸红了，他急忙站了起来。"这会是谁呀？"他很纳闷。贝尔利亚克一边握着那陌生人的手，一边试图挡住吕西安。他说话的声音很低，很急。另一人却响亮地答道："不，小兄弟，不。你永远只能当个小丑。"与此同时，他踮起脚尖，镇定自若地越过贝尔利亚克的脑袋看了看吕西安。此人约莫三十五岁，脸色苍白，一头漂亮的银发。"他一定是贝尔热尔，"吕西安想道，他的心怦怦直跳，"他长得真美！"

贝尔利亚克既小心翼翼，又专横地抓住银发男子的肘部。

"您跟我来，"他说，"我要去找我的牙医，就在附近。"

"我猜想，你是和你一个朋友在一起，"那人注视着吕西安答道，"你应该给我们两人介绍介绍。"

吕西安笑着站了起来。"机会来了！"他想。他的两颊烧得发烫。贝尔利亚克的脖子已经缩了回去，吕西安又一次觉得他会拒绝。"喂，给我介绍一下吧。"他快活地说。但是，他刚开口说话便觉得热血冲到了两鬓。他简直想往地下钻。贝尔利亚克转过身来，并不看着任何人，喃喃低语道：

"这是我的同学吕西安·弗勒里耶。这位是阿希尔·贝尔热尔先生。"

"先生，我很欣赏您的作品。"吕西安细声细气地说。贝尔热尔把吕西安的手抓在他那双纤细的长手里，并且让他坐下。接着是片刻寂静。贝尔热尔用热烈和温柔的目光盯着吕西安看。他一直握着吕西安的手。"您是否很不安？"他和蔼地问。

吕西安清了清嗓子，以坚定的目光望着贝尔热尔。

"是的，我很不安！"他声音清晰地回答。他仿佛觉得经受了加入秘密社团的考验。贝尔利亚克犹豫片刻后便怒气冲冲地重新坐下，同时把帽子扔在了桌上。吕西安极想向贝尔热尔叙说自己想自杀的念头。

这是一位可以信赖的人，应该把自己的事情直截了当、原原本本地向他倾诉。由于贝尔利亚克在场，他不敢说什么。他恨贝尔利亚克。

"你们有茴香酒吗？"贝尔热尔问侍者。

"不，他们没有茴香酒，"贝尔利亚克急忙答道，"这是一家可爱的小酒吧，但是只有苦艾酒可喝。"

"那边长颈瓶里黄颜色的东西是什么？"贝尔热尔悠然自得、柔声细语地问。

"那是耶稣受难牌的白苦艾酒。"侍者答道。

"那好，给我来一杯。"

贝尔利亚克在座位上烦躁不安。他仿佛既想夸奖朋友，又担心因突出了吕西安而损害了自己，内心十分矛盾。终于，他用忧郁和骄傲的口气说：

"他曾经想自杀。"

"原来如此！"贝尔热尔说，"我正是这样想的。"

又是一阵寂静。吕西安谦卑地垂下了眼睛，他在想贝尔利亚克是否会很快走开。贝尔热尔突然看了一下表，他问：

"你不是要看牙医吗？"

贝尔利亚克不情愿地站了起来。

"贝尔热尔，您陪我去吧，"他请求道，"离这儿不远。"

"不，既然你还要回来，我就在这儿陪陪你的同学吧。"

贝尔利亚克待立在那里，仍然迟疑不决。

"去吧，快去吧，"贝尔热尔威严地说，"一会儿你还上这儿来找我们。"

贝尔利亚克走开后，贝尔热尔站了起来，很自然地坐到了吕西安的身旁。吕西安向他久久地倾诉自己的自杀念头。他还向贝尔热尔诉说了自己曾经对母亲怀有恋情，自己是一个肛门虐待狂，实际上他什么都不爱，而且他身上的一切无非是一场滑稽戏。贝尔热尔一语不发地听着他的叙说，同时深情地望着吕西安，而吕西安则因被人理解而感到十分欣慰。他讲完后，贝尔热尔便用胳膊亲切地搂住他的肩膀。吕西安闻到了一股科隆香水和英国烟草的味道。

"吕西安，你知道我把你这种情况称作什么吗?"吕西安满怀希望地望着贝尔热尔，他没有失望。

"我把它称作'紊乱'。"贝尔热尔说。

"紊乱"这个字的前一部分如月光般柔和、皎洁，但是结尾的 oi① 这个音却带有法国号的铜质音响。

"紊乱……"吕西安念念有词地说着。

他觉得现在的自己和告诉里黎自己是个梦游者时一样沉重和不安。酒吧里很昏暗，但是大门朝向街面，朝向春天那金色和明亮的雾霭敞开着。贝尔热尔身上散发出一种注意保养的男人所特有的香气。在这种香气里，吕西安又闻到了一股昏暗的大厅里的沉闷气味。这是一种红葡萄酒和潮湿木头散发出的味道。"紊乱……"他想道，"这将会使我怎么样呢？"他还不大清楚，到底是发现了他的一个缺点还是一种新的毛病。他清晰地看见贝尔热尔两片灵活的嘴唇，正在不断地遮挡和展现他那颗金牙的熠熠闪光。

"我喜欢那些处于紊乱状态的人，"贝尔热尔说，"我觉得您的运气极好。因为不管怎么样，您这是天赐的。您看见那些猪了吗？它们很呆。必须把它们赶到红蚁群里才能把它们惹恼。您知道那些兢兢业业的小昆虫都在做些什么？"

"它们在吃人。"吕西安说。

---

① 这是法语原文 désarroi 的最后两个字母，其国际音标为〔wa〕。

"对，它们啃掉骨头架上的人肉。"

"我明白，"吕西安说，接着又问道，"那么我呢？我应该做些什么？"

"为了仁慈的上帝，你什么也别做，"贝尔热尔以一种滑稽的惊愕表情说，"千万别坐下，"他笑着说，"除非坐在尖头桩①上。你读过兰波②的书吗？"

"没有。"吕西安说。

"我把他的《灵光篇》借给你看。听着，我们还得见面。如果你星期四有空，可以在下午三点左右来我家。我住在蒙巴那斯的第一战场街九号。"

星期四，吕西安去了贝尔热尔家。整个五月份他几乎天天都去。他们两人商定对贝尔利亚克说，他们每周只会面一次，因为他们既不想瞒他，又想尽量不让他难过。贝尔利亚克的表现非常不得体，他嘲笑地对吕西安说："怎么样，你们俩一见如故吧？他对你说了他的不安，你和他谈了你的自杀，可真有你的，不是吗！"吕西安抗议道："我提醒你，"他红着脸说，"是你首先提起我的自杀。"贝尔利亚克立即说："嗨，那只是为了让

---

① 尖头桩，古代一种刑具，犯人坐在桩上，桩尖由肛门刺入。

② 兰波（1854—1891），法国象征派诗人，与另一象征派诗人魏尔兰（1844—1896）有同性恋关系。

你不必羞于谈及此事。"他们的约会越来越稀少了。"他身上我所喜欢的一切，都是从您这里模仿的，现在我可明白了。"有一天吕西安对贝尔热尔说。"贝尔利亚克是一只猴子，"贝尔热尔笑道，"正是他的这一点一直吸引着我。你知道他的外祖母是犹太人吗？这样，许多事情便好解释了。""确实如此。"吕西安附和道。过了一会儿，他又补充说："而且，他是个很讨人喜欢的人。"贝尔热尔的房间里堆满了各种稀奇古怪和滑稽可笑的东西。有红丝绒坐垫架在用涂漆木头做的女人腿上的墩状软座，有黑人小雕像，有带刺的铸铁贞洁腰带，有上面嵌着小匙的石膏乳房；书桌上有一只巨型的青铜虱子以及从米斯特拉的尸骨堆里窃得的一具和尚的头盖骨，它们被用来作镇纸。墙上贴满了宣布超现实主义者贝尔热尔死讯的讣告。无论如何，这房间给人一种聪慧和舒适的感觉。吕西安喜欢躺在抽烟室里那张深深的长沙发上。特别令他吃惊的是，贝尔热尔在一个书架上堆放了大量愚弄人、逗人发笑的小玩意儿。有冰凉的流体、能使人打喷嚏的粉末、挠痒的毛、漂浮的糖、魔鬼的粪便以及新娘的束腰吊袜带。贝尔热尔边说边用手指捏住魔鬼的粪便。他神色庄重地打量着它说："这些玩意儿有着革命的价值。它们能使人不安，而且具有比《列宁全集》更加巨大的破坏力。"吕西安又惊讶又着迷，来回望着这张眼睛深陷、焦虑不安的漂亮面孔和优雅地夹着一块制作得非常逼真的粪便的又长又细的手指。贝尔热尔经常和他谈兰波以及"全部感官系统的错乱"。"你经过协和广场，能够随心所欲、清清楚楚地看见一个黑女人正跪在地上舔那块方尖碑时，你便可以说你破坏了背景，而且得救了。"他把《灵光篇》《马尔多罗之歌》①以及萨德侯爵②的作品借给吕西安看。吕西安认认真真地想看懂，但是许多事情他仍然不得其解。他很恼火兰波是个同性恋者。他对贝尔热尔说了，但贝尔热尔却笑了起来。他说："这有什么呢，我的小兄弟？"吕西安很难堪。他脸红了，足足一分钟他对贝尔热尔恨得咬牙切齿。但是他克制自己，抬起头坦率地说："我说了蠢话。"贝尔热尔抚弄着吕西安的头发，显得温情脉脉。他说："这双惶恐不安的大眼睛，这双牝鹿的眼睛……是的，吕西安，你说了蠢话。兰波的同性恋行为是他

---

① 《马尔多罗之歌》，法国超现实主义者所推崇的作家洛特雷阿蒙（1846—1870）的作品，以动物为象征，暗示人在绝望中的反抗。全书是一场性虐待的噩梦。
② 萨德（1740—1814），法国作家，作品多为色情描写。

的敏感性最初的和天才的错乱。正是有了它，我们才能读到他的诗篇。相信引起性欲有特殊的东西，即女人——因为她们的两腿之间有一个洞，这是那些呆子才犯的讨厌错误。你瞧！"他从书桌里取出十来张发黄的照片，扔在吕西安的膝盖上。吕西安看见照片上是一些令人厌恶的妓女，她们张大了缺牙的嘴巴在笑，像嘴唇一样张开双腿，从大腿之间伸出了像长满苔藓的舌头那样的东西。"这套照片我是从布萨达①花三法郎买来的，"贝尔热尔说，"假如你亲吻这些女人的臀部，你便是一个阔少，大家都会说你已经过上了单身汉的生活。因为她们是女人，你懂吗？我告诉你，首先要做的事便是坚信任何事物都能引起性欲，例如：一台缝纫机，一支试管，一匹马或是一只鞋。他笑着说：我曾和苍蝇做爱。我曾认识过一个和鸭子做爱的海军陆战队士兵。他把它们的脑袋放进抽屉，紧紧捏住它们的爪子，这样就能成事了！"贝尔热尔漫不经心地捏了一下吕西安的耳朵，最后说："鸭子疼得要死，那个当兵的太折磨它了。"每当经过这类谈话回家时，吕西安总觉得脑袋烧得像团火。

① 布萨达，阿尔及利亚城市。

他认为贝尔热尔是个天才。他经常半夜里醒来，全身都被汗湿透了，满脑子都是鬼怪和猥亵的场面。他自问贝尔热尔是否对他起着好的影响。他反复地搓着手呻吟道："我孤独一人！没有一个人为我指点方向，告诉我是否走在正道上！"假如他一直走到底，假如他确确实实把自己的全部感官都搞乱，那么他不就要不知所措，淹死在汪洋大海之中了吗？有一天，贝尔热尔和他谈了很久安德烈·勃勒东①，吕西安仿佛在梦中喃喃说道："对，当然是了。可是在这之后我就再也不能后退了，对吗？"贝尔热尔跳了起来，他说："后退？谁说要后退？假如你变疯了，那就好极了。正如兰波所说，以后'自会有别的令人生厌的劳动者'。""我正是这样想的。"吕西安凄然说道。他发现，这些长时间谈话的结果和贝尔热尔希望的恰恰相反。每当吕西安因体验到一种比较微妙的感觉和一种奇特的印象而惊讶不已时，他便颤抖起来。"开始了。"他想。他宁愿只有最平凡最迟顿的感觉。只有晚上和父母在一起时，他才感到很自在。那是他的

①　安德烈·勃勒东(1896—1966)，法国超现实主义流派的创始人和领袖。

避风港。他们谈白里安①，谈德国人的缺乏诚意，谈冉娜表姐的分娩和物价等等。吕西安凭着粗浅的良知和他们愉快地交谈。一天，他从贝尔热尔那里回到家中。他走进卧室后习惯地锁上门，插上插销。他意识到自己的动作后，便放声大笑。但是他一夜没有睡着，他刚明白自己在害怕。

但是，无论如何他不会中断和贝尔热尔的来往。"他把我迷住了。"他想。此外，他非常珍惜贝尔热尔在他们两人之间建立起来的如此微妙、如此特殊的亲密关系。贝尔热尔说话时的语气一贯刚强有力，甚至有点生硬。但是他能巧妙地让吕西安感受到，甚至可以说触及他的柔情。例如，他批评吕西安的领带打得太难看，替他重新打好；他用一把来自柬埔寨的金梳替吕西安梳头。他向吕西安揭示自己身体的秘密，并且向他解释什么是青春的粗犷和感人之美。"你就是兰波，"他对吕西安说，"兰波来巴黎看望魏尔兰时，他有一双和你一样的大手，一张健康的青年农民的红润面孔和金发少女般纤细修长的身躯。"他迫使

---

① 白里安(1862—1932)，法国政治家，曾十一次出任总理，兼掌外交，曾主张成立欧洲联邦。

吕西安解开领扣和衬衫，把局促不安的他带到一面镜子前，让他欣赏他那红红的脸颊和雪白的胸脯之间迷人的和谐。这时他用手轻轻地碰了碰吕西安的臀部，伤心地补充道："应该在二十岁时自杀。"现在，吕西安经常照镜子，他学习如何享受自己充满稚气的青春魅力。"我是兰波。"晚上他小心翼翼地脱下衣服时这样想道。他开始相信自己的生命将像一朵过于美丽的鲜花那样短暂和悲惨。这时候，他觉得很久以前自己曾经有过类似的印象，一种荒谬的形象重新浮现在他的脑海里：他看见自己很小的时候，穿着一件蓝色的长袍，张着天使的翅膀，在一项慈善义卖中兜售鲜花。他望着自己的长腿自娱地想："我的皮肤果真那么柔软吗?"有一次，他用自己的嘴唇在前臂上亲吻，沿着一条可爱的蓝色小血管，从手腕一直吻到肘弯。

一天，他走进贝尔热尔家里时，意外地发现贝尔利亚克也在场，这使他很扫兴。贝尔利亚克正在用小刀切割一团黑乎乎的像土块一样的东西。这两个年轻人已经有十天没有见面了，他们冷冷地握了握手。"你看，"贝尔利亚克说，"这是印度大麻。我们要把它夹在两层黄烟丝之间放在烟斗里抽，它会产生一种奇妙的效果。也有你的份，"他补充道。"谢谢，"吕西安说，"我不想要。"其他两人笑了起来，贝尔利亚克不怀好意地坚持道："我的老弟，你真蠢。你试试看，你想象不出这有多舒服。""我跟你说不!"吕西安说。贝尔利亚克不吭声了，他只是神色高傲地笑了笑。吕西安看见贝尔热尔也在笑。他跺了跺脚说："我不要，我不想糟蹋自己，我觉得抽这种会把你们变傻的东西才是愚蠢呢!"他不由自主地说出了这番话。但是当他明白了刚才这番话的分量，并且想象到贝尔热尔可能对他产生的想法后，他真想把贝尔利亚克杀死，同时不禁眼泪夺眶而出。"你是个阔少，"贝尔利亚克耸了耸肩说，"你装得像在游泳，但是你害怕失足。""我不愿意养成对麻醉品的嗜好，"吕西安更加平静地说，"这是和别的锁链一样的一条锁链。我要保留自己的自由。""你就说害怕陷进去不就得了。"贝尔利亚克粗暴地说。吕西安正想给他两记耳光，这时他听见了贝尔热尔威严的声音："算了，夏尔，"他对贝尔利亚克说，"他说得对。他害怕陷进去，这也是一种紊乱。"

他们躺在长沙发上抽了起来，一股亚美尼亚纸的味道在房间里弥漫。吕西安坐在一个红丝绒的墩状软座上，默默地注视着他们。过了片刻，贝尔利亚克头朝后仰，面带激动的笑容，不停地眨着眼皮。吕西安满怀怨恨地望着他，觉得自己受到了侮辱。最后，贝尔利亚克站了起来，迈着蹒跚的步伐走出房间。直到最后，他的脸上一直挂着那种迷迷糊糊而又充满快感的奇特笑容。"给我烟斗。"吕西安嗓音沙哑地说。贝尔热尔笑了。"没关系，"他说，"对贝尔利亚克别太在意。你知道他这时候在干什么吗？""管他呢！"吕西安说。

"你还是知道为好，他正在吐呢！"贝尔热尔平静地说，"这是印度大麻对他产生的唯一效果。其他不过是瞎闹而已。我有时让他抽一点是因为他想让我大吃一惊，我觉得怪有趣的。"第二天，贝尔利亚克来到学校，他想在吕西安面前摆谱。"你上了火车，"他说，"但是你却精心挑选了那些留在车站上的人。"但是他遇到了强劲的对手。"你就爱吹牛，"吕西安回敬道，"你以为我不知道你昨天在卫生间里干什么吗？你在那里呕吐，我的老兄！"贝尔利亚克的脸色立即变得煞白，他问："是贝尔热尔告诉你的？""你以为是谁？""好极了，"贝尔利亚克喃喃道，"但是我万万没有想到贝尔热尔是一个有了新欢而出卖老朋友的家伙。"吕西安心里有点不安，因为他曾答应贝尔热尔保密的。"得了，没事儿!"他说，"他没有出卖你，他只是想告诉我这不能抽。"但是贝尔利亚克转过身去，不和他握手便扬长而去。当吕西安再次见到贝尔热尔时，有点忐忑不安。"你和贝尔利亚克说了什么?"贝尔热尔面无表情地问。吕西安低头不语，他心里有愧。但是忽然他感到贝尔热尔的手放在了他的颈项上。他说："一点都没有关系的，我的小兄弟。无论如何，这一切得有个了结。我从不会长久地喜欢那种只会瞎闹的人。"

吕西安恢复了一点勇气，他抬起头笑了笑。"但我也是一个只会瞎闹的人。"他眨了眨眼说。

"是的，但是你很漂亮。"贝尔热尔说着便把吕西安拉到自己怀里。吕西安任其摆布。他觉得自己温柔得像个姑娘，不禁两眼泪汪汪。贝尔热尔亲吻他的脸颊，轻咬他的耳朵，一会儿叫他"我美丽的小坏蛋"，一会儿叫他"我的小兄弟"。吕西安则认为自己能有一个如此宽容、如此善解人意的大哥哥是一件很愉快的事。

弗勒里耶夫妇很想结识吕西安无时不在他们耳边提起的这位贝尔热尔先生。于是他们请他来家里吃饭。大家都觉得他很迷人，甚至日耳曼娜也为之倾倒。她从未见过如此漂亮的男人。弗勒里耶先生认识贝尔热尔的伯父尼藏将军，他就此大谈了一番。于是弗勒里耶太太很高兴把吕西安托付给贝尔热尔，在圣灵降临节时和他一起去度假。他们乘汽车去鲁昂。吕西安想参观大教堂和市政厅，但是遭到贝尔热尔的断然拒绝。"看那种破烂玩意？"他蛮横无理地问。结果，他们到科尔得利街一家妓院里鬼混了两小时。贝尔热尔很古怪，他管所有的妓女都叫"小姐"，在桌子底下不断用膝盖碰吕西安。然后，他同意和其中的一个上了楼，但过了五分钟就下来了。"咱们快走，"他喘着气说，"不然事情要闹大了。"他们匆匆付了钱便出了门。在街上，贝尔热尔讲述了事情的经过。他趁那个女人转过身去的时候，往床上扔了满满一把痒痒毛，然后声称自己有阳痿便匆匆下了楼。吕西安喝了两杯威士忌，有点晕晕乎乎。他唱着《梅斯的炮手》和《非凡的孩子》两首歌。他觉得贝尔热尔既深思熟虑又童心未泯，对他简直崇拜得五体投地。

他们来到旅馆时，贝尔热尔说："我只订了一个房间，但是卫生间很大。"吕西安并不感到意外。在旅途中他曾隐隐约约地想到过将会和贝尔热尔同住一个房间，但是这一想法从未十分明确。现在已经无路可退，他总觉得这事有点尴尬，尤其因为他的脚很脏。在把行李往上送的时候，他想象贝尔热尔会对他说："瞧你多脏，你会把被子和床单都弄黑的。"而他自己则会毫不客气地回敬他说："关于清洁问题，你的资产阶级思想很严重。"但是贝尔热尔把他和他的手提箱一起推到卫生间，对他说："你去里面准备准备，我要在房间里换衣服。"吕西安洗了脚，还洗了个坐浴。他很想去厕所，但是他不敢，只在便盆里解了小便，然后换上权充睡衣的衬衫和母亲借给他的拖鞋（他自己的那双破得不像样了），便敲了敲房门："您准备好了吗？"他问。"好了，好了，进来吧。"贝尔热尔在天蓝色的睡衣外面套了一件黑色睡袍。房间里有一股科隆香水的味道。"只有一张床吗？"吕西安问。贝尔热尔不语。他先是惊愕地望着吕西安，后来便放声大笑起来。"哟，你怎么穿着衬衫！"他笑着说，"你的睡帽怎么戴的？不行，你的样子太可笑了，我要你自己照照镜子。""已经有两年了，"吕西安恼怒地说，"我一直要求母亲给我买睡衣。"贝尔热尔走到他身旁。"来吧，把这衣服脱掉，"他不容置辩地说，"我把我的一套睡衣给你穿。可能大了点，但是总比这个好。"吕西安呆立在屋子中间，两眼盯着地毯上的红绿菱形图案。他真想回到卫生间去，但是他害怕被别人看成是懦夫，于是干脆把衬衫从头上脱下。一时谁也不说话。贝尔热尔含笑打量着吕西安，吕西安则突然意识到自己正一丝不挂地伫立在屋子中央，脚上穿着母亲那双带绒球的拖鞋。他望着自己的手，这双和兰波一样的大手，他很想把它们护在自己的肚子上，至少可以遮挡住那个要紧的地方。但是他镇定下来，勇敢地把手放在了背后。墙上的两行菱形图案之间，有一个紫色的小方块正在变得越来越远。"我敢保证，"贝尔热尔说，"他和处女一样贞洁。吕西安，你去照照镜子，你一直红到了胸部。你现在这样总比穿着那件衬衫好多了。"

"是的，"吕西安好不费劲地说，"可是光着身子总归不大文明。您快把睡衣给我吧。"贝尔热尔扔给他一件散发着薰衣草香的丝质睡衣。接着两人便上了床。屋里的气氛十分凝重。"我不大舒服，"吕西安说，"我想吐。"贝尔热尔没有吭声。吕西安嗳出一股威士忌的味道。"他将和我一起睡觉。"他想。令人窒息的科隆香水味道堵住了他的嗓子眼，地毯上的菱形图案开始转动起来。"我真不该同意这次旅行。"

他的运气真不佳。最近一个时期，他曾经多次差一点识破贝尔热尔对他的企图。可是每一次都仿佛故意似的，总会发生一件小事把他的思想岔开。而现在，他在这里，躺在这个家伙的床上，那家伙正等着干他的好事呢。"我得拿着枕头到卫生间里去睡。"但是他不敢，他想到了贝尔热尔讥讽的目光。他笑了。"我想着刚才那个婊子，"他说，"可能现在她正在自己搔痒呢。"贝尔热尔仍然一语不发。吕西安用眼角瞄了他一眼。他仰面躺着，双手枕在后颈，一副天真无邪的样子。结果吕西安倒怒从中来，他撑起一只胳膊对他说："我说，您还在等什么呢？您把我带到这儿难道是为了无谓的消遣吗！"

他后悔说出了这句话，但为时已晚。贝尔热尔转过身来向着他，用开心的目光盯着他说："瞧瞧这个长着一副天使面孔的小无赖。我的小宝贝，我可没让你说出这样的话来：你是指望我来放纵你的感官吗？"

他又盯着吕西安看了一阵，他们几乎脸贴脸了。接着他便把吕西安搂在怀里，伸到睡衣下面去抚摩他的胸脯。这并非不舒服，有点痒痒，只是贝尔热尔非常可怕。他的样子很蠢，吃力地重复道："小笨猪，你不难为情吗？小笨猪，你不难为情吗？"这声音就像火车站里报告列车播发的唱片一样。贝尔热尔的手则相反，它又轻又快，像一个人。他轻轻地触碰吕西安的乳头，仿佛人们进入浴缸时被温水抚弄一样。吕西安想抓住这只手，把它拉开，并且拧住它。但是那样贝尔热尔会笑话他的。他会说：瞧瞧这个童男子。这只手缓缓地沿着他的肚子滑动，停下来解开了系着裤子的绳结。他任其摆布。他又沉又软，仿佛一块湿透的海绵。他害怕极了。贝尔热尔撩开了被子，他把脑袋枕在了吕西安的胸脯上，仿佛在为他听诊。吕西安接连嗳了两股酸味，他担心吐在那神气十足的漂亮银发上。"您压在我的胃上了。"他说。贝尔热尔稍稍抬起身子，一只手伸到了吕西安的背后。另一只手不再抚摩，它在乱拉乱扯。"你的小屁股很美。"贝尔热尔忽然说。吕西安以为在做一场噩梦。"您喜欢我的屁股吗？"他殷勤地问。但是贝尔热尔突然把他松开，扫兴地抬起头来说："该死的小浑球，"他怒不可遏地说："你想玩兰波，我使出了浑身的解数，已经一个多小时过去了，你仍然没有兴奋起来。"吕西安紧张得流出了眼泪，他竭尽全力推开贝尔热尔。"这不是我的错，"他尖声叫道，"您让我喝得太多了，我想吐。""那你去吧！去吧！"贝尔热尔说。
"别着急，慢慢来！"他又低声说了一句："这一晚过
得可真有意思。"吕西安穿上裤子，套上黑睡袍便走
了出去。他关上厕所的门以后，感到自己非常孤独和
心慌意乱，不禁哭了起来。睡袍的口袋里没有手帕，
他便用卫生纸擦眼睛和鼻子。他徒劳地把两个手指伸
到喉咙里，仍然没能吐出来。于是他随手解开裤子，
坐在便桶上发抖。"坏蛋，"他想，"坏蛋！"他遭到
了极大的侮辱，但是他不知道自己是否因为被贝尔热
尔抚摩过或是因为没有性冲动而感到羞愧。门那边的
走廊在吱嘎作响。每听到一次响声吕西安便会惊跳起
来。他犹像是否要回到房间里去。"我还是得去，"
他想，"得去。否则，他和贝尔利亚克会瞧不起我
的！"他欠起身，但是他立即又见到了贝尔热尔的脸
和他那愚蠢的神情。他听见贝尔热尔说："小笨猪，
你不难为情吗？"他又失望地坐在了便桶上。过了一
会儿，一阵激烈的腹泻使他感到稍为轻松了一点。
"它从下面跑掉了，他想。我宁肯这样。"事实上他
不再想吐了。"他会弄疼我的。"他忽然这样想，而
且他认为自己将会昏过去。最后，吕西安感到冷极
了，冻得牙齿开始咯咯作响。他想自己要病倒了，于

是猛地站了起来。他回到房间里，贝尔热尔不大自然地望着他。他在抽烟。他的睡衣是敞开的，可以看得见他那瘦削的身躯。吕西安慢慢地脱拖鞋和睡袍，一声不响地钻进了被窝。"好了吗?"贝尔热尔问。吕西安耸了耸肩说:"我冷!""要我给你暖和暖和吗?""您试试看吧。"吕西安说。他立即感到被一种巨大的力量压垮了。一张湿润柔软的嘴紧紧贴在了他的嘴上。仿佛是一块生牛排。吕西安被弄得晕头转向，他搞不清自己在什么地方，简直有点喘不过气来。但是他很高兴，因为他不再冷了。他想起了贝斯太太，她经常把手放在他的肚子上，管他叫"我的玩具娃娃";他也想起了管他叫"大芦笋"的埃布拉尔;他还想起了每天早晨的盆浴，并且觉得布法迪埃先生就要进来给他洗澡。他心想:"我是他的玩具娃娃!"这时候，贝尔热尔发出了一声胜利的呼喊，他说:"好啊! 你终于下定决心了。来吧。"他气喘吁吁地补充道，"咱们来把你培养成人。"吕西安坚持要自己脱掉睡衣。

第二天，他们中午时分才醒来。侍者把早餐送到了他们的床头，吕西安觉得他的样子很傲慢。"他把我当成男妓了。"他不快地想道。同时全身战栗起来。贝尔热尔非常体贴，他先穿上衣服，在吕西安洗澡的时候，他去老集市广场抽了一支烟。吕西安边用马尾手套仔细擦洗身体边想："问题是，这种事很让人腻味。"当最初的一刹那恐怖过去后，当他意识到这并不像想象中那么痛苦，他便陷入了沮丧的烦恼之中。他总是希望这就完了，他可以睡觉了。但是，贝尔热尔一直把他折腾到清晨四点钟才放过他。"我还是得把那道三角题解出来。"他想。他竭力抛开杂念，只想着功课。这一天过得很长。贝尔热尔给他讲述洛特雷阿蒙的生平事迹，但吕西安并不认真听。贝尔热尔有点让他恼火。晚上，他们下榻在科德贝克的一家旅馆，当然贝尔热尔又把他折腾了很长时间。但是到了深夜一点钟，吕西安干脆告诉他自己困了，于是贝尔热尔放过了他而没有生气。将近黄昏时他们回到了巴黎。总而言之，吕西安对自己并无不满。

他的父母张开双臂欢迎他归来。"你好好谢谢贝尔热尔先生了吗？"他母亲问道。他和他们一起聊了一会儿诺曼底的乡村风貌，便早早去睡觉了。他睡得很熟，但是第二天早晨醒来时，他觉得身体里面在发抖。他站起身来对着镜子凝视了很久。"我是一个鸡奸者。"他想。随即瘫倒在地。"吕西安，快起来，"

他母亲隔着门叫道。"今天早上你得去上学。""知道了，妈妈。"吕西安顺从地答道。但是他又躺倒在床上，开始看自己的脚趾。"这太不公平了，我自己没有意识到，我太没有经验了。"这些脚趾被人一个接一个地吮吸过。吕西安猛地转过头去。"他是知道的。他让我干的事有一个名称，就叫作和男人睡觉，而他是知道的。"这很有趣，吕西安苦涩地笑了，我可以在好几天里不断地寻思：我是否聪明，我是否有点自负，我永远不得其解。而与此同时，不知哪天早上便会有一些标签贴到你的身上，你一生都得带着它们。例如：吕西安是一名高个子的金发青年。他很像父亲，是个独生子，自从昨天以来他成了一个鸡奸者。人们将会这样说他："你们知道弗勒里耶吗？他就是那个喜欢男人的高个子金发青年！"而别人会这样回答："啊，对了！是那个娘娘腔的大小伙子吗？好极了，我知道是谁了。"

他穿好衣服走出房间，但是他没有勇气去上学。他顺着朗巴尔街而下，一直走到塞纳河边，然后沿着河岸走。天空晴朗，街道上散发着绿叶、沥青和英国烟草的味道。这是洗净的身躯穿上洁净的衣服、换上崭新灵魂的理想天气。街上的行人个个都神态庄严，唯有吕西安自己觉得在这大好春光里显得反常和可疑。"这是命中注定的滑坡，"他想，"我从恋母情结开始，后来变成肛门虐待狂，而现在是最糟糕的，我成了一个鸡奸者。这一切到底什么时候才能到头呢？"显然，他的情况还不算严重。他并不很喜欢贝尔热尔的抚摩。"可是，假如我积习成瘾了呢？"他惴惴不安地想道，"我将摆脱不了，它就像吗啡一样！"他将成为一个名誉扫地的人，任何人都不再愿意接待他。他向父亲的工人下达命令时，他们会嘲笑他。吕西安自鸣得意地想象着自己那可怕的命运。他仿佛见到了自己三十五岁时的形象。他将是一个涂脂抹粉，矫揉造作，蓄着小胡子，佩戴荣誉勋位勋章的绅士。他将神气活现地把手杖高高举起。"先生，您的到来是对我女儿们的侮辱。"忽然间，他一阵踉跄，戛然停止了游戏。他刚想起贝尔热尔的一句话。那是在科德贝克的夜里。贝尔热尔说："嘿，瞧瞧，我看你上瘾了！"他想说明什么？自然，吕西安并非木头人，在被他抚摩一阵以后……"这说明不了什么问题。"他不安地想。但是人们说，那种人非常了不起，他们很善于瞄准同类，如同第六感觉。吕西安长时间地看着一个在耶拿桥前指挥交通的警察。"这个警察能引起我的冲动吗?"他两眼盯着警察蓝色的长裤,想象着他那肌肉发达和多毛的大腿。"这能让我动心吗?"他非常宽慰地走开了。"情况并不那么严重,"他想,"我还能够解脱。他滥用了我的紊乱,但我并不真是一个鸡奸者。"他对遇到的每一个男人都再次试验,每一次试验的结果都是否定的。"哎呀!"他想,"可让我紧张了好一阵!"那是一种警示,仅此而已。不能再干那种事了,因为学坏是很快的,必须立即摆脱这些情结。他决定不告诉父母,自己去找一位专家进行心理分析。然后他将找一个情妇,变成一个和常人一样的男人。

吕西安渐渐安下心来,这时他忽然想起了贝尔热尔。在这一时刻,贝尔热尔正在巴黎的某个地方,脑子里充满了美好的回忆,对其本人十分陶醉。"他知道了我身体的秘密,他了解我的嘴,他曾对我说:'你有一种我忘不了的味道。'他将向他的朋友吹嘘,他会说:'我占有了他。'仿佛我是个女人。这时候,他或许正在把那几夜的事情告诉……"想到此,吕西安心里一紧,仿佛心脏停止了跳动,"告诉贝尔利亚克!假如他这样做,我就要杀死他。贝尔利亚克非常恨我,他会把这种事情告诉全班同学的。那样我就完蛋了，同学们再也不会和我握手了。我要说这不是真的，"吕西安精神恍惚地想，"我要去控告，说他强奸了我！"吕西安对贝尔热尔痛恨到了极点，因为假如没有他，没有这种可耻和不可救药的意识，原本一切都会相安无事，而且无人知晓，吕西安自己终究也会忘掉它的。"他要是能突然死去就好了！我的上帝，我求求您，让他在没有对任何人透露此事之前，今天夜里就死去吧！我的上帝，请把此事埋葬掉，您不可能愿意我成为一名鸡奸者的！无论如何，他还控制着我！"吕西安愤怒地想，"我必须回到他那里，做他想做的事，然后对他说我喜欢这样，否则我就完了！"他又走了几步，为防万一他补充道："我的上帝，请让贝尔利亚克也死去。"

　　吕西安未能克制自己回到贝尔热尔那里去的念头。在以后的几个星期里，他以为到处都会遇到他。他在房间里学习时，每听到铃响便会惊跳起来。夜里，他常做可怕的噩梦。他梦见贝尔热尔在圣路易中学的大院中央把他强行拉走。预备班的全体同学都在场，他们一边看热闹一边哈哈大笑。但是，贝尔热尔渺无音讯，并不试图再次见到他。"他只是要我的肉体。"吕西安恼怒地想。贝尔利亚克也失踪了。星期日有时和他一起去购物的基加尔告诉他，贝尔利亚克在一次精神危机之后离开了巴黎。吕西安渐渐平静下来。鲁昂之行对他来说是一场阴暗野蛮的噩梦，幸而没有留下任何痕迹。他几乎忘掉了全部细节，只记得肉体和科隆香水发出的那种令人沮丧的味道以及那不能忍受的烦恼。弗勒里耶先生曾多次问起那位贝尔热尔朋友的情况，他说："我们得请他去一次费罗尔以示感谢。""他去了纽约。"吕西安终于这样答道。他多次和基加尔以及他姐姐去马恩河上划船。基加尔还教他跳舞。"我觉醒了，"他想，"我获得了新生。"但是他仍不时感到有一种像褡裢一样的东西压在背上，那是他的那些情结。他寻思是否有必要去维也纳找弗洛伊德。"我将身无分文地出发，如必要可以步行。我将对他说：我没有钱，但我是一个实例。"六月一个炎热的下午，他在圣米歇尔大道上遇到了以前的哲学老师勒巴布安。"弗勒里耶，"勒巴布安问，"那么你是准备上中央高等工艺制造学校喽？""是的，先生。"吕西安回答。"你原本可以上文科班的，"勒巴布安说，"你的哲学成绩很好。""我没有放弃哲学，"吕西安说，"今年我读了不少书，例如弗洛伊德的著作。噢，对了，"他忽然心血来潮地补充道，"先生，我正想问您，您对心理分析有什么看法？"勒巴布安笑了。"这是一种时髦，"他说，"它会过去的。弗洛伊德思想的精髓，你在柏拉图那里便能找到。其余呢，"他以不容置辩的口气补充道，"我坦率告诉你，我不屑于看那些无用的废话。你最好去读读斯宾诺莎的著作。"吕西安如释重负，他轻轻地吹着口哨步行回家。"那是一场噩梦，"他想，"不过一切都已烟消云散！"那一天赤日炎炎，但是吕西安抬起头一眼不眨地盯着太阳看。这是大家的太阳，吕西安有权正对着它看。他得救了！"无用的废话！"他想，"那些无用的废话！他们想引我走邪道，但是没有得逞。"事实上，他一直在不断地抗争。贝尔热尔用歪理欺骗了他，但是吕西安觉得兰波的鸡奸癖是一种病态。而当那个小虾米贝尔利亚克想让他抽印度大麻时，吕西安断然拒绝了。"我差点失足，"他想，"保护我的是我的精神健康！"这一天晚餐时，他深情地望着父亲。弗勒里耶先生肩膀宽阔，动作像农民般沉稳缓慢，体现出一种良好的教养，一双领袖人物的灰眼睛，目光冷峻神采奕奕。"我很像他。"吕西安想。他想起了弗勒里耶家庭代代相传，已有四代企业家。"那些人真是胡说。家庭还是存在的!"于是，他骄傲地想起了弗勒里耶家族的精神健康。

这一年吕西安没有参加中央高等工艺制造学校的入学考试，全家早早去了费罗尔。他欣悦地回到了那所房子、花园以及那座宁静沉稳的小城。那是另一个世界。他决定每天早早起床，在本地区进行长途跋涉。他对父亲说："我要让肺部装满新鲜空气，为明年的拼搏把身体练得棒棒的。"他陪同母亲前往布法迪埃和贝斯家里做客。大家都觉得他已经成为一个既懂事又稳重的年轻人。在巴黎修法律课程的埃布拉尔和温凯尔曼也都回到费罗尔度假。吕西安多次和他们一起出游。他们谈起了对雅克玛尔神甫搞的恶作剧以及骑着自行车痛快的游览。他们唱三重唱《梅斯的炮手》。吕西安非常欣赏老同学的坦率和实在。他为自己忽略了他们感到内疚。他向埃布拉尔承认不大喜欢巴黎，但是埃布拉尔对此不能理解。他父母把他托付给一位神甫，他得到了很好的照料。至今他对卢浮宫博物馆的参观以及在歌剧院度过的晚会仍保留着美好的印象。吕西安为这种朴实而动情。他觉得埃布拉尔和温凯尔曼仿佛是他的大哥哥，并且开始想，他并不为曾经有过如此动荡不安的生活而感到遗憾，因为他赢得了经验。他和他们谈弗洛伊德和心理分析，并且以逗他们生气来取乐。他们猛烈地抨击关于情结的理论，但是他们的反对是天真的，吕西安向他们指出了这一点。接着他补充道，假如用哲学观点来看问题，便很容易批驳弗洛伊德的错误了。他们非常佩服他，但是吕西安佯装没有察觉。

弗勒里耶先生向吕西安讲解了工厂的机制。他带吕西安参观了中心大楼，吕西安久久地观察工人们的劳作。"假如我死了，"弗勒里耶先生说，"你必须能够立即掌管厂里的一切事务。"吕西安嗔怪他说："我的老爸，你别说这个好不好！"但是接连好几天，当他想到早晚要落到他身上的责任时，心情十分沉重。他们就老板的职责进行了长时间的交谈，弗勒里耶先生告诉他，产业并非一种权利，而是一种责任。"他们总是用他们的阶级斗争来烦我们，"他说，"好像老板与工人的利益是势不两立的！就拿我的情况来说。我是个小老板，是巴黎行话里所谓的一个小奸商。可是我养活了一百个工人和他们的家人。如果我的生意兴隆，他们便首先获益。但是，如果我被迫关闭了工厂，那么他们便要流落街头。我没有权利，"他强调说，"把生意做坏。这就是我所谓的各阶级的利害一致性。"

在以后的三个星期里，一切都正常。他几乎不再想起贝尔热尔。他已经原谅了他，只是希望今生今世不再见到他。时而，当他换衬衫时，他走到镜子前，惊奇地望着自己。"有一个男人曾经喜欢过这个身躯。"他想。他的双手慢慢地在腿上抚摩着，并且想："有一个男人曾经为这两条腿动了心。"他又抚摩腰部，很遗憾不能变成另外一个人来抚摩自己这缎子般的肌肤。有时候，他也悔恨自己曾经有过的各种情结。它们很顽固和沉重，它们那巨大和阴沉的分量曾把他压得透不过气来。如今这一切都结束了。吕西安再也不相信它们，而是感到一种艰难的轻松。再说，这并非那么不愉快，这是一种很能忍受的醒悟，它有点使人气馁，顶多可以认为是一种厌烦。"我不算什么，"他想，"什么都没能把我弄脏。而贝尔利亚克却被肮脏地拖下了水。我多多少少还能够承受，这是为单纯付出的代价。"

有一次散步时，他坐在一处斜坡上想道："我沉睡了六年，忽然有一天我从蚕茧里脱颖而出。"他非常兴奋，怡然自得地观赏着风景。"我生来就是为了投入行动！"他想。但是忽然间，他的辉煌思想变得平淡无奇了。他喃喃低语道："让他们等着瞧，他们早晚会知道我的价值。"他使劲地说了，但是话语仿佛是从空壳里冒出来的。"我有什么呢？"这种奇怪的担忧，他不愿意承认，它以前曾给他造成太多的痛苦。他想："是这片宁静……这个地方……"这里除了在尘埃中艰难地拖着黄黑色腹部的蟋蟀以外，没有任何其他有生命的东西。吕西安讨厌蟋蟀，因为它们的样子总像一半是空的。公路的另一边是一片地面龟裂、布满荆棘的灰蒙蒙的荒原，一直伸展到河边。谁都看不见吕西安，也听不到他的声音。他跳跃着，只觉得他的动作没有遇到任何阻力甚至重力的阻挡。现在他站着，在灰色云雾的笼罩之下，如同存在于真空之中一样。"这一片宁静……"他想着。它更胜于宁静，是虚无。在吕西安的周围，乡村出奇地静谧，一片懒洋洋，毫无人类的气息。仿佛它变得很小很小，屏住了呼吸以免打扰他。"当梅斯的炮兵回到了驻地……"声音在他的嘴唇上停住，如同火苗在真空中窒息一样。吕西安孤独一人，位于这非常隐蔽和毫无重力的大自然之中，既没有影子也没有回声。他打起精神，试图找到原先的思路。"我生来就是为了投入行动。首先，我有毅力。我可能做一些傻事，但是我不会走得很远，因为我能回到正路上来。"他想，"我的精神很健康。"但是，他做了一个鬼脸以示厌恶便不再往下想了，因为在这条只有垂死的小虫穿行的白色公路上谈论"精神健康"，他觉得十分荒谬。吕西安生气地踩在一只蟋蟀上，他觉得脚底下有一个弹性的小圆球。当他抬起脚来，蟋蟀还活着。于是吕西安朝它吐了口唾沫。"我很茫然，我很茫然，和去年一样。"他想起了管他叫精英的温凯尔曼，又想起了把他当作男子汉的弗勒里耶先生，还想起了贝斯太太，她曾说："这个大小伙子，我以前叫他我的玩具娃娃，现在我可不敢和他以你相称了，他让我惶恐不安。"但是他们在很远很远的地方，他觉得真正的吕西安和他们一起留在了费罗尔。这里，在这偏僻荒芜的角落里，只有一条白色的惶惶不安的可怜虫。"我到底是什么？"几公里连绵不断的荒原，一片寸草不生、毫无气味的平坦而龟裂的土地。突然间，从这灰色的土壳里笔直地冒出一根芦笋。它是那样奇特，甚至连影子都没有。"我到底是什么？"自从上一次假期以来，这个问题没有改变过，仿佛它就在吕西安曾把它搁下的老地方等着他。或者说，这不是一个问题，这是一种状态。吕西安耸了耸肩。"我太多虑了，"他想，"我自我分析得太多了。"

在以后的几天里，他力图不再自我分析。他很想对物品着迷，久久地凝视着蛋杯、餐巾环、树木、橱窗等。他极力讨好母亲，问她愿不愿意把她的银器给他看看。他观看银器时，他想的是看银器，然而他的眼光后面却有一小片充满活力的雾气在跳跃。吕西安徒劳地使自己专心和弗勒里耶先生交谈。这一片既厚又薄的雾气，浓密而不坚实，它给人以假象，仿佛一片光亮，悄悄地溜到了他对父亲话语的注意力的后面。这一片雾气就是他本人。吕西安不时感到厌倦，于是不再听对方的说话。他转过身来，试图抓住这片雾气，面对面地看着它。但是他看到的只是空白，雾气仍在后面。

日耳曼娜泪流满面地前来告诉弗勒里耶太太，她的兄弟得了支气管肺炎。"可怜的日耳曼娜，"弗勒里耶太太说，"你可一向说他的身体非常结实！"她准她一个月的假，找了厂里一个工人的女儿来替代她。那姑娘十七岁，名叫贝尔特·莫泽尔。她个子矮小，金黄色的发辫盘在头上。她走起路来有点一瘸一拐。因她来自孔卡尔诺，弗勒里耶太太让她戴上花边头饰。"这样显得更可爱。"从她刚来的那几天开始，每次她遇到吕西安，她那大大的蓝眼睛总会流露出一种对吕西安的谦卑的爱慕之情，吕西安也明白她喜欢自己。他和贝尔特亲切地交谈，多次问她："你喜欢我们这里吗？"在走廊里，他故意和她擦肩而过，以试探她的反应。但是，她使他产生恻隐之心，并且他也从这种爱中获得了宝贵的鼓舞。他常常不无激动地想象贝尔特对他的印象。"事实上我和她经常来往的年轻工人是不大一样。"他借故让温凯尔曼来到配膳室，温凯尔曼觉得贝尔特身材不错。"你这小子真走运，"他断言，"我要是你，早就勾上她了。"但是吕西安还在犹豫，因为她身上有汗味，而且她的黑衬衫肘部已磨破了。九月的一天下午，天下着雨，弗勒里耶太太乘坐汽车前往巴黎，吕西安独自一人待在房间里。他躺在床上开始打呵欠。他觉得自己像一朵变幻莫测、转瞬即逝的云彩，永远是同一朵，也永远是另外一朵。它的边缘随时随地融入于大气之中。"我纳闷为什么我存在呢？"他在那里，在消化，在打呵欠，他听见雨点打在窗玻璃上。这片白色的雾气在他头脑里渐渐散开。以后呢？他的存在是一种耻辱，以后他将要担当的责任也难以为它正名。"无论如何，我并没有要求来到这个世界上。"他想。接着，他做了一个自我怜悯的动作。他想起了童年时的忧虑和长时期的昏昏欲睡。如今它们以崭新的面貌出现在他面前。实际上，他一直不断为自己的生命所困扰，它是一件巨大而无用的礼物，他把它抱在怀里不知如何处置，也不知把它放在何处。"我是以后悔自己的出生来消磨时光的。"但是他实在太沮丧了，因而不能更深入地继续推想。他起来点燃一支烟，到楼下厨房吩咐贝尔特为他沏茶。

她没有看见他进来。吕西安碰了碰她的肩膀，她吓得惊跳起来。"我让你害怕了？"他问。她双手撑着桌子，用惊恐的目光望着他，胸脯起伏不停。过了一阵，她笑了，说："着实把我吓了一跳，我不知道家里还有别人。"吕西安也报以宽容的微笑，并对她说："请你给我沏壶茶。""马上就好，吕西安先生。"小姑娘说。她立即走向炉边。吕西安的到来仿佛使她相当为难。吕西安犹豫不决地站在门口，他慈父般地问道："怎么样，喜欢在我们家吗？"贝尔特转过身去，在水龙头上接了一小锅水。水声盖住了她的回答。吕西安等了一会儿。她把小锅放到煤气炉上，他又问："你抽过烟吗？""抽过几次。"小姑娘疑虑地回答。他把克拉温牌的香烟盒打开，递给她。他并不很满意，他觉得在损害自己的名声，他不应该让她抽烟的。"您想要……要我抽烟?"她惊奇地问。"为什么不?""太太会骂我的。"吕西安有一种当了同谋的不快感觉。他笑起来，说道："咱们不告诉她。"贝尔特脸红了，她用手指夹了一支烟放在嘴里。"我要把火递给她吗? 那是不得体的。"他对她说："喂，你不点上它吗?"她把他惹恼了。她两臂直挺挺地站在那里，满脸通红，一副恭顺的样子，夹着烟卷的双唇像一只鸡屁股。仿佛她的嘴里吞进了一根体温表。终于她从一个马口铁罐里抽出一根浸硫火柴，擦着后点燃了烟。她眨着眼睛抽了几口便说："这烟很淡。"接着，她从嘴里匆匆地取出烟卷，笨拙地把它捏在五个手指中。"她生来就是受苦的命。"吕西安想道。然而，当他问起她是否喜欢她的家乡布列塔尼时，她便渐渐活跃起来。她告诉他各式各样的布列塔尼女帽，甚至还用柔和但走调的嗓音为他唱了一支罗斯波登的歌曲。吕西安不怀恶意地逗她，但是她不懂得别人的玩笑，只是神色惊慌地望着他。这时候，她颇像一只兔子。他坐在矮凳上，觉得十分自在。"请坐。"他对她说。"不，吕西安先生，我不能在吕西安先生面前坐。"他抓住她的两腋，把她抱到自己的膝盖上。"这样行吗?"他问。她没有反抗,同时还低声咕哝道:"坐在您的膝盖上!"她感到无比幸福,但却用古怪的语调责备着。这时吕西安有点烦恼,他想:"我陷得太深了,我不应该走得这么远的。"他不再作声。她坐在他的膝盖上,浑身热乎乎的,显得非常安静。但是吕西安感觉到她的心怦怦直跳。"她是我的东西,"他想,"对她我可以为所欲为。"他放开她,拿起茶壶便上楼去了。贝尔特没有试图留住他。喝茶之前,吕西安用母亲的香皂洗了手,因为手上有贝尔特腋下的味道。

"我要不要和她睡觉?"在以后几天里,吕西安不断地想着这个小问题。贝尔特总是设法出现在他的必经之处,并且用一双西班牙长毛垂耳猎犬似的忧郁的大眼睛望着他。但是道德占了上风。吕西安明白,由于自己经验不足,又因为自己在费罗尔人人皆知,无法买到避孕工具,因此,他会让她怀孕的。这样会给弗勒里耶先生带来极大的麻烦。他还想到,假如以后他手下一个工人的女儿夸耀自己曾经和他睡过觉,那么他在工厂里将会威信扫地。"我没有权利碰她。"在九月的最后几天里,他避免和贝尔特单独在一起。"那么,"温凯尔曼问他,"你等什么呢?""我不想，"吕西安生硬地回答，"我不喜欢和女仆谈情说爱。"温凯尔曼还是第一次听说和女仆谈情说爱，他轻轻地吹了一下口哨便不再作声了。

吕西安对自己十分满意。他觉得自己的行为很有风度，因而也弥补了不少过错。"她是唾手可得的。"他有点遗憾地想。但是继而他又想道："权当是我已经占有过她了。因为是她自己送上来的，只是我不愿意罢了。"从此，他认为自己不再是童男子了。这些轻快的满意之情让他高兴了好几天，随后便也化作一片雾气。十月份开学时，他觉得和去年开学时一样无精打采。

贝尔利亚克没有返校，谁都没有他的音讯。吕西安发现了几张新面孔。坐在他右边名叫勒莫尔当的小伙子在普瓦蒂埃上了一年数学专修班。他比吕西安的个子还要高，留着一片黑黑的小胡子，已经像个大人了。吕西安兴趣索然地和同学们重新相聚。他觉得他们很幼稚，并且总是天真无邪地吵吵闹闹，简直像一群神学院的学生。他仍然参加他们的集体活动，但是显得漫不经心。好在作为二年级学生，他有权利这样做。勒莫尔当已经成熟，他原本可以更多地引导吕西安。但是，他并不像吕西安一样是个经历过多种艰难的考验因而成熟起来的小伙子。他生来就是一个成人。吕西安经常十分满意地打量着这颗没有脖子，歪歪地长在肩膀上的深思熟虑的大脑袋。仿佛无法把任何东西通过耳朵或那双玫瑰色透明的中国式小眼睛灌进他的脑袋里去。"这是一个有主见的家伙。"吕西安怀着敬意想道。而他不无嫉妒地思索着，到底是什么样的信念使得勒莫尔当有了如此强烈的自我意识。"这就是我应当成为的：一块岩石。"他仍然感到有点意外的是，勒莫尔当能够理解数学的推理。但是当于松老师把第一次作业本发还给大家时，他便放下心来。吕西安名列第七，而勒莫尔当只得了五分，名列第七十八位。这一切都符合实际。勒莫尔当有点无动于衷。他预想的结果似乎更糟。他那张小嘴和肥大光滑的黄脸蛋不是用来表达感情的。那是一尊菩萨。大家只见他发过一次怒，那天劳维在衣帽间里推搡了他。他先是发出十几声低而尖厉的埋怨声，还不断地眨着眼。"回波兰去，"他终于说，"滚回波兰去！你这犹太鬼，别到我们的国家里来烦我们。"他那魁梧的身材镇住了劳维，他庞大的上半身在两条长腿上摇摇晃晃。最后，他打了劳维两记耳光，小劳维道了歉，事情就这样了结了。

星期四，吕西安和基加尔一起外出。基加尔带他去他姐姐的女友那里跳舞。但是基加尔最后承认，这样的蹦蹦跳跳使他感到厌倦。"我有一个女友，"他悄悄对吕西安说，"她是罗亚尔街上普利尼耶舞厅里跳得最棒的。正好她的一个朋友没有舞伴。星期六晚上你和我们一起去吧。"吕西安和家长闹了一通，终于获准每星期六晚上可以外出活动。家里把大门钥匙放在门毡底下。将近九点，他在圣奥诺雷大街的一家酒吧找到基加尔。"你会发现，"基加尔说，"法妮非常可爱，而且她的优点是很善于着装。""我的舞伴呢？""我不认识她，我知道她是个学裁缝的女艺徒，她刚到巴黎，是从昂古莱姆来的。对了，"他补充道，"别犯傻。我叫皮埃尔·多拉。你呢，你有一头金发，我就说你有英国血统，这样说更好些。你就叫吕西安·博尼埃尔。""为什么呢？"吕西安不安地问道。"老兄，"基加尔说，"这是规矩。和那些女人在一起你可以为所欲为，但是永远不能说出你的真名字。""好吧，好吧！"吕西安说。"那我是个干什么的呢？""你可以说是个大学生，这样更好些。你明白吗？这会让她们感到得意的。你不必为她们花费很多，费用自然是大家分摊。但是今晚让我来付账，我习惯这样。下星期一我会告诉你欠我多少。"吕西安立即想到基加尔企图从中揩点油。"我怎么变得如此多疑了!"他暗自好笑地想道。法妮几乎立刻到了。这是个身材高大瘦削的棕发姑娘。她的大腿很长,脸上浓妆艳抹。吕西安觉得她有点让人胆怯。"这就是我和你说起过的博尼埃尔。"基加尔说。

"很高兴认识你,"法妮眯起眼说,"这是我的朋友莫德。"吕西安见到一个小巧玲珑的女人。她的年龄难以捉摸,戴的头饰像一只倒扣的花盆。她只是略施脂粉,和光彩照人的法妮相比显得有点黯然失色。吕西安痛楚地感到失望。但是他发现莫德有一张漂亮的嘴,而且和她在一起他不必感到窘迫。基加尔特意预先付了啤酒账,因此他可以利用初到时的喧闹,不让姑娘们有时间吃喝便嘻嘻哈哈地把她们推出酒吧门外。吕西安对他十分感激,因为弗勒里耶先生每周只给他一百二十五法郎零花钱。他还得用这笔钱支付通讯费用。这天晚上过得很有意思。他们到拉丁区的一家小舞厅去跳舞。玫瑰色的舞厅并不大,暖融融的,四周的角落光线阴暗。一杯鸡尾酒只需五法郎。那里有很多大学生,他们都带着法妮那样的女人,但是不如法妮漂亮。法妮很出众。她直盯着一个正在抽烟斗的大胡子男人，大声喊道："我讨厌在舞厅里抽烟的人！"那家伙立即满脸通红，忙把点燃的烟斗放回衣兜里。她对基加尔和吕西安的态度有点高傲，并且用母亲般的慈爱口吻多次对他们说："你们是坏孩子。"吕西安觉得非常自在，心里甜滋滋的。他给法妮讲了好几件有趣的小事，边说边笑。后来，他的脸上便一直挂着笑容。他很善于运用一种随随便便、彬彬有礼、温文尔雅而又略带嘲讽的高雅嗓音。但是法妮很少和他说话。她一手托住基加尔的下巴，向着脸颊方向拉动，以便突出他的嘴巴。当他的嘴唇变得肥大，并且开始流涎，像那些胀满了汁液的水果或是蛞蝓时，她就一边叫他"宝贝"，一边小口小口地舔他的双唇。吕西安觉得尴尬极了，他认为基加尔非常可笑。基加尔的嘴唇边上有口红，而且两颊上有手指的印记。但是其他舞伴的举止更加放肆。大家都在拥抱，亲吻。管衣帽间的那位女士不时挎着小篮子前来抛撒彩色纸带卷和彩色小球，同时大声喊着："加油啊，孩子们，尽情地玩吧，放声地笑吧，加油啊，快加油啊！"于是大家都放声大笑起来。吕西安终于想起了还有莫德在场。他笑着对她说："瞧瞧这些年轻的情侣。"他指着基加尔和法妮补充道，"我们两个是高贵的长者了……"他没有把话说完，但是笑得十分滑稽，弄得莫德也笑了。她摘下帽子。吕西安喜悦地发现她比舞厅里的其他女人毫不逊色。于是他请莫德跳舞，并且对她讲述了他中学会考那一年和老师们瞎起哄的事。她的舞跳得很好，她有一双持重的黑眼睛，显得很在行。吕西安和她谈起贝尔特，并且说很内疚。"但是，"他补充道，"这样对她更好。"莫德觉得贝尔特的故事很有诗意，但却令人伤心。她问贝尔特在他父母家里挣多少钱。她又说："一个姑娘给人家当女仆并不总是一件有意思的事情。"基加尔和法妮不再管他们。他们只顾自己互相抚摩，基加尔的面孔全都湿了。吕西安不时地重复："瞧瞧这些年轻的情侣，快瞧瞧他们！"而且他脑子里也想好了一句话："他们引得我也想学他们的样。"但是他不敢说出来，只是在那里笑。然后，他佯装莫德和他是老朋友了，不屑于谈情说爱。他叫她"老兄"，而且还拍拍她的肩膀。法妮突然转过头来，惊奇地望着他们。"喂，"她说，"小班同学，你们在干什么呢？快亲吻吧，我看你们早想得要命了。"吕西安一把搂住了莫德，他还有点为难，因为法妮在看着他们。他很想让此吻又长又成功，但又不明白人家这样做是怎样呼吸的。结果并不像他想象的那么困难，只需斜着亲嘴，把两人的鼻孔错开便可以了。他听见基加尔在那里数数："一——二——三——四——"直到第五十二秒他才放开莫德。"这个头开得不坏呀，"基加尔说，"但是我比你棒。"吕西安看着手表，也开始数起来：基加尔在第一百五十二秒时才松开法妮的嘴。吕西安非常生气，觉得这种比赛很愚蠢。"我是出于谨慎松开了莫德，"他想，"但是这并不是难事。只要掌握好呼吸便可以无限地延续下去。"他建议再比一次，结果他赢了。当他们比完后，莫德瞧了瞧吕西安，并且认真地对他说："你吻得很好。"吕西安兴奋得脸都红了。他弯腰说了一声："为你效劳。"但他本来是更想和法妮亲吻的。为了赶最后一班地铁，他们于午夜十二点半分了手。吕西安心花怒放，他在雷努阿尔大街上又蹦又跳。他想："事情已有十分把握。"他的嘴角很痛，因为今天晚上笑得太多了。

现在他定于每星期四晚上六点和整个星期六晚上和莫德会面。她任他拥抱亲吻，但是不愿失身于他。吕西安向基加尔抱怨，基加尔安慰他说："别着急，"又说，"法妮肯定她会和你睡觉的。只是她还年轻，她只有过两个情人。法妮叮嘱你对莫德要温柔体贴点。""温柔体贴?"吕西安问。"你明白是怎么回事吗?"他们两人放声大笑起来,基加尔肯定地说:"老兄,该怎么办就怎么办。"吕西安表现得十分温柔体贴。他不断地亲吻莫德,并且对她说他爱她。但是时间长了便有点单调乏味,而且和她一起外出他也并不感到很骄傲。他本想对她的梳妆打扮提一些建议,可是她有许多成见,并且很容易生气。在亲吻的间歇,他们手拉着手,两眼发呆,默默无语。"她眼神如此严肃,天知道她在想什么。"而吕西安总是在想着同一件事。望着莫德这个郁郁寡欢、捉摸不定的小小存在,他不禁想道:"我想成为勒莫尔当,他是一个找到了自己道路的人!"在这一时刻,他觉得自己仿佛变成了另一个人。自己坐在热恋他的女人身边,两人手拉着手,他的嘴唇还因刚才频频的亲吻而湿乎乎的。他拒绝她献给他的微不足道的幸福:孤独。于是,他紧紧抓住小莫德的手指,眼泪夺眶而出。他很想使莫德幸福。

十二月的一天早上,勒莫尔当走到吕西安面前,他手里拿着一张纸。"你愿意签名吗?"他问。"这是什么?""这是为高师的那些犹太人。他们给《事业报》寄去了一份有二百人签名,反对义务预备兵役的狗屁文章。对此，我们表示抗议。我们必须至少征集一千人的签名。我们将要去圣西尔军校，海军学校预备班，农学院，巴黎高等综合理工学院，让所有一流学校的学生都签上名。"吕西安顿感身价百倍，他问："这会登载出来吗？"肯定会登在《行动报》上。可能也会登在《巴黎回声报》上。吕西安极想立即签名，但又想这样不够严肃。他拿起那张纸，认真地看了一遍。"我想，你不是搞政治的，当然这是你自己的事。但你是法国人，你有权利表示自己的意见。"当吕西安听到"你有权利表示自己的意见"时，他立即觉得身上有一种难以言表的快感，他签了名。第二天他买了一份《法兰西行动报》，但是声明没有登出来。它星期四才得以发表。吕西安在第二版上找到了它，标题是"法国青年给了国际犹太人一记响亮的耳光"。他的大名被压缩得很小，登在离勒莫尔当不远的地方，和周围的弗莱什·菲利波等名字一样陌生。它的样子很体面。"吕西安·弗勒里耶，"他想，"是一个农民的姓氏，是纯粹的法国姓氏。"他高声朗读了以字母F开头的全部姓名。当他读到自己的姓名时，他佯装不认识这个人。随后，他把报纸塞进口袋，高高兴兴地回了家。

几天后，是他去找了勒莫尔当。"你是搞政治的吗？"他问。"我是联盟①成员，"勒莫尔当说，"你有时也看《行动报》吗？"

"不常看，"吕西安承认，"到目前为止我对它不太感兴趣。但我认为我正在改变态度。"勒莫尔当用他那难以捉摸的神情淡淡地望着他。吕西安粗略地向他叙述了贝尔热尔称之为"紊乱"的故事。"你是什么地方人？"勒莫尔当问。"费罗尔人。我父亲在那里开了一家工厂。""你在那里住过多长时间？""直到上中学为止。"

"我明白了，"勒莫尔当说，"事情很简单，你是个背井离乡的人。你读过巴雷斯②的作品吗？""我读过他的《科莱特·博多希》。""不是这部，"勒莫尔当不耐烦地说，"今天下午我把他的《背井离乡的人们》给你带来。它讲的是你的故事。你会在书里读到你的病症以及对症的良药。"这本书是用绿色羊皮做的封面。第一页盖有安德烈·勒莫尔当的藏书印鉴，那漂亮的哥特字休十分醒目。吕西安感到有点意外，因为

① 联盟，指民族主义右翼组织"法兰西爱国青年联盟"。
② 指莫里斯·巴雷斯。

275

他从未想过勒莫尔当会有自己的藏书章。

他满腹狐疑地开始了阅读。曾经有过多次人们企图给他解释，曾经有过多次人们借书给他，对他说："读读这本书吧，写的全是你的事。"吕西安略带几分忧愁地笑着，他想自己并不是一个可以被人用几句话便能剖析的人。恋母情结，紊乱，多么幼稚可笑！这一切早已远离他而去，不复存在了！但是，刚读了几页书，他便入迷了。首先，这不是心理分析，——吕西安对心理分析已经极其厌烦——巴雷斯谈到的年轻人不是抽象的人，不是像兰波或魏尔兰那样与社会格格不入的人，更不是那些请弗洛伊德进行心理分析的无所事事的病态的维也纳人。巴雷斯开始时把他们置于他们的环境和家庭之中。他们在外省极其传统的环境里，受到了良好的教育。吕西安觉得斯蒂雷尔和自己很相像。"这可是真的，"他想，"我是一个背井离乡的人。"他想到了弗勒里耶家族的精神健康。这种健康只能在农村，并且通过他们的体力来获得（他祖父能用手指把一枚铜币拧弯）。他激动地想起了费罗尔的黎明。他起床后悄然无声地下了楼，以免吵醒父母。他骑上自行车，于是法兰西岛柔媚的景色便悄悄地笼罩着他，抚摩着他。"我历来很讨厌巴黎，"

他坚定地想道。他还读了《贝雷尼斯的花园》。他时而中断阅读，两眼迷茫地思索起来。在这里，人们又一次向他展示了一种性格，一种命运，一种能够摆脱存在于他意识中无休止的废话的办法，一种确定自我，肯定自我的方法。然而他是多么喜欢巴雷斯奉献给他的这种充满清新的田野气息的无意识，并且厌恶弗洛伊德的那些邪恶和淫猥的畜生！为了抓住这份礼物，吕西安只需摆脱毫无结果和危险的冥想。他必须研究费罗尔的地面和地下，寻找一直延伸到赛奈特河边这片起伏的丘陵的意义，诉诸人文地理学和历史学。或者，非常简单，他必须回到费罗尔，在那里生活。那样，他将感到费罗尔就在自己的脚下，它无害而肥沃，伸展于广阔的田野上。在这片土地上，有树林、泉水和花草。它像一方养料丰富的腐殖土，吕西安终于可以在此汲取力量从而成为一名企业主。吕西安经过这样长时间的苦苦思索，变得兴奋不已，甚至不时感到已经找到了自己的道路。如今，当他一手搂着莫德的身腰，默默地待在她旁边时，脑子里经常回响起以下的词语和短句："恢复传统"，"土地和死者"。这是一些深奥难懂，取之不尽的词语。"这多么诱人啊！"他想。然而他不敢相信，因为已经有过太多次人们让他失望了。他把自己的担忧向勒莫尔当倾诉。"太妙了。"勒莫尔当说,"老朋友,人们是不会立刻相信自己想要什么的,因为需要实践。"他略假思索便接着说道:"你应该来和我们在一起。"吕西安真心实意地答应了,但是他强调保留自由。"我来,"他说,"但是不做任何承诺。我想观察和思考。"

吕西安被这帮年轻保守派的同志情谊迷住了。他们对他表示了诚挚和简朴的欢迎。他很快便觉得在他们中间很自在,而且不久便熟悉了勒莫尔当的"小集团"。他们是二十来个大学生,几乎人人都戴一顶条绒的贝雷帽。他们经常在波尔德啤酒馆的二楼聚会,在那里玩桥牌,打台球。吕西安常去那里和他们一起玩。不久他便明白,他们已经接纳了他,因为对他的每次到场他们都欢呼"帅哥来啦!"或"这是我们大名鼎鼎的弗勒里耶!"但是,尤其吸引他的是他们欢快的性格;没有丝毫的学究和严厉气氛,很少谈论政治。大家笑着,唱着;并且为年轻的大学生们高声欢呼或是有节奏地鼓掌。这就是他们的聚会内容。勒莫尔当本人则一面保持一种无人敢于挑战的权威,同时也自我放松一点,不由得笑了起来。通常,吕西安默不作声，目光扫视着这些正在大声喧哗的健壮的年轻人。"这是一股力量。"他想。生活在他们中间，他渐渐地发现了青春的真实含义。它不存在于贝尔热尔式的人物所欣赏的那种矫揉造作的风雅之中。青年是法国的未来，而且勒莫尔当的同伴们并没有青少年的那种难以言表的可爱。他们都已成年，其中好几个已经蓄须了。经过对他们的仔细观察，你便会发现他们身上有许多相似之处。他们已经摆脱了同龄人固有的恶习和犹豫，他们无须再学什么，他们都已成熟了。起初，他们轻率和无情的玩笑颇使吕西安反感。本来可以认为他们这样做是无意识的。当雷米前来报告激进派领袖迪比斯的夫人双腿被一辆卡车轧断时，吕西安原以为他们会对一位不幸的对手表示起码的同情。但是，他们却全体放声大笑，并且拍着大腿嚷道："这个老僵尸！"和"卡车司机真了不起！"吕西安有点窘迫，但是他忽然明白了这种有净化作用的放声大笑是一种拒绝。他们察觉到了这种危险，不愿表示懦弱的怜悯，于是他们便拒绝了。吕西安也笑了起来。渐渐地，他们的恶作剧向他显示了其真实性质。它只有其轻浮的外表，实际上这是对一种权利的肯定。他们的信念非常牢固，如宗教般虔诚，因此他们有权利表现得轻浮，可以对一切无关紧要的事情心血来潮，突发奇想地开个玩笑。例如，在夏尔·莫拉斯冷峻的幽默和德贝罗戏谑性的玩笑之间（他的口袋里经常放着一块破旧的英式军大衣片，他称之为勃吕姆①的包皮），只有程度上的差别。一月份，巴黎大学宣布将要举行庄严的仪式，向两位瑞典矿物学家授予名誉博士的学位。"你等着看一场好戏吧。"勒莫尔当给吕西安一份请柬，这样说道。会议大厅座无虚席。当吕西安看到共和国总统和巴黎大学校长踏着《马赛曲》的乐声步入大厅时，吕西安的心怦怦直跳，他在为他的朋友担心。几乎同时，观众席上有几名年轻人站了起来，开始大喊大叫。吕西安满怀同情地认出了雷米，他的脸涨得通红，像个西红柿。他正被两名彪形大汉抓住上衣往外拉。他一面挣扎，一面高喊"法兰西属于法国人"。但是尤其使他高兴的是，他看见一位上了年纪的先生正在拼命地吹喇叭，样子像一个捣蛋鬼。"太好了！"他想。他强烈地感受到这种固执的严肃和好动喧闹之间奇特的混杂。它使最年

---

① 指法国社会党领袖莱昂·勃吕姆（1872—1950），一九三六年人民阵线组阁时担任总理。

轻的人们显得成熟，最年长的人们显得调皮。不久，吕西安也试着开起了玩笑。谈到埃里奥①时，他说："假如这一位寿终正寝，那就不再有仁慈的上帝了。"这句话取得了成功。这时他觉得身上产生了一种神圣的狂怒。于是，他咬牙切齿，一时间，竟感到自己和雷米或德贝罗一样坚信、一样执拗、一样强有力了。"勒莫尔当说得对，"他想，"需要实践，有了实践一切都迎刃而解了。"他还学会了回避争论。基加尔只是个共和派，他对吕西安提出了一大堆反对意见。吕西安颇有风度地听着，过了一会儿他就不说话了。基加尔仍在继续他的长篇大论，可是吕西安甚至不再看他，他在抚平裤子上的褶子，用烟卷吹出烟圈来取乐，一面盯着女人看。尽管如此，他还是听见了一些基加尔的责难，只是它们突然失去了分量，轻飘飘、微不足道地向他滑来。基加尔终于印象深刻地住了嘴。吕西安和父母谈起了他的新朋友，弗勒里耶先生问他是否会成为一名保守派。吕西安犹豫不决，他严肃地答道："我很想，真的很想。""吕西安，我求求

---

① 指爱德华·埃里奥（1872—1957），法国激进社会党领袖之一，人民阵线组阁时任议长。

你了，别干这种事，"他母亲说，"他们太狂躁了，灾难随时都会降临的。或是把你毒打一顿，或是把你投入监狱，你明白吗？而且，你实在太年轻了，不能搞政治。"吕西安只是坚定地一笑，没有作声。弗勒里耶先生却说："亲爱的，让他去吧，"他和蔼地说，"让他去实践自己的思想，每个人都得经过这个阶段。"自那日起，吕西安觉得他父母对他另眼相看了。然而他还没有拿定主意。这几个星期他学到了很多东西。他的脑海里先后浮现出他父亲善意的好奇，弗勒里耶太太重重的忧心，基加尔刚具备的尊敬，勒莫尔当的坚定执着和雷米的急躁不安。他摇着头自言自语："这不是一件小事。"他和勒莫尔当长谈了一次，勒莫尔当很理解他的理由，劝他不必操之过急。吕西安仍然非常沮丧，因为他觉得自己不过是一小滴透明的胶质，正在咖啡馆的座位上颤动。他觉得年轻保守派们的喧闹和动荡十分荒谬。但是有时候，他觉得自己像石头一样沉重和坚强，因而又感到很是高兴。

他和这个小团体相处得越来越融洽。他给他们唱了去年暑假埃布拉尔教他的《雷贝卡的婚礼》这首歌。大家都说这歌有趣极了。正在兴头上的吕西安谈了不

少他关于犹太人的尖刻的想法，并且还提到了吝啬得
出奇的贝尔利亚克。"我一直纳闷，为什么他如此吝
啬，一般人是不可能这么吝啬的。忽然有一天我总算
明白了，原来他是个犹太人。"这时全体哄堂大笑，
吕西安愈加慷慨激昂。他觉得对犹太人真是痛恨极
了，而一想起贝尔利亚克更是令人扫兴。勒莫尔当的
目光直盯着他，对他说："你是纯血统的。"此后，
他们经常对吕西安说："弗勒里耶，给我们讲一个关
于犹太人的故事，要好听一点的。"于是吕西安就把
他从父亲那里听来的关于犹太人的故事讲给大家听。
一起头，吕西安只需故意怪腔怪调地说"又一田，
莱匪鱼煎不老母……"①，朋友们便个个乐不可支了。
有一天，雷米和潘特诺特说，他们在塞纳河边遇到一
个阿尔及利亚的犹太人，他们径直向他走去，仿佛想
要把他扔进河里，这可把他吓得半死。"我当时想，"
雷米肯定地说，"弗勒里耶没和我们在一起真是太遗
憾了。""还是他不在场为好，"德贝罗打断他说，
"否则他一定会把那个犹太人扔进河里去的。"吕西
安一眼便能认出犹太人，他这种本事举世无双。有一

〰〰〰〰〰〰〰

　　①　原话应为："有一天，勒维遇见勃吕姆……"

次他和基加尔一起外出，他碰了碰基加尔的肘部对他说："别马上回头，我们后面那个小胖子就是犹太人！"基加尔随即夸道："在这方面你的嗅觉真灵敏！"法妮也没有辨认犹太人的本事。一个星期四，他们四个人一起来到莫德的房间，吕西安唱起了《雷贝卡的婚礼》。法妮受不了了，说道："别唱了，别唱了，我要尿裤子了。"当他停下来时，她向他投去了高兴甚至温柔的目光。在波尔德啤酒馆，终于有人给吕西安编造了谣言。那里总有一个人漫不经心地说着："弗勒里耶那么热爱犹太人……"或是"莱昂·勃吕姆是弗勒里耶最要好的朋友……"其他人则屏住呼吸，张大嘴巴，出神地等待着。吕西安满脸通红，拍着桌子大声骂道："真他妈的！"于是，全体哄堂大笑，他们说："他起步了！他起步了！他不是走，他跑起来了！"

他经常随他们一起参加政治性集会，聆听克洛德·马克西姆、里尔·德·萨尔特教授的演讲。由于参加这些新的活动，他的学习受到了影响。但是，无论如何吕西安这一年无法指望顺利通过国立高等工艺学校的入学考试，弗勒里耶先生表现得很宽容。他对妻子说："吕西安需要学习如何做人。"这些会议散会后，吕西安和他的朋友们头脑发热，常常做出一些淘气的恶作剧。有一次，他们十来个人遇到一个黄褐色皮肤的小个子男人，他一面看着《人道报》，一面穿过圣安德烈德扎尔街。他们把他逼到墙角，雷米喝令他："把报纸扔掉！"那小个子还在扭扭捏捏，但是德贝罗已经悄悄绕到他身后，将他拦腰抱住，勒莫尔当则以他强劲的腕力一把夺走了他的报纸。这一切很有意思。那个狂怒的小个子男人拼命地乱踢，同时用一种古怪的语调大声地喊着："放开我，放开我！"勒莫尔当不动声色地把报纸撕碎。但是当德贝罗正要放开那个家伙时，事情开始变得糟糕起来。那家伙扑向勒莫尔当，并且企图揍他。幸而雷米及时向他耳后突然狠揍一拳，他才得以幸免。那家伙一下子被摔到墙边，脸色极难看地望着他们大家，同时骂道："该死的法国佬！""你再说一遍。"马歇索冷冷地说道。吕西安明白要坏事了，因为马歇索从来听不得关于法国的玩笑。那个外国佬又说了一遍："该死的法国佬！"于是他挨了一记响亮的耳光，随即脑袋朝下，跌跌撞撞地向前扑去，并且声嘶力竭地喊着："该死的法国佬，该死的资产阶级，我恨你们，我要你们死光，统统都死光！"接着又是一连串难听的辱骂声，吕西安简直想象不到他竟能使出这么大的劲头来。于是，他们失去了耐心，不得不人人都参与进来，好好地教训他一顿。过了一阵，他们放开他，那家伙连滚带爬地来到墙边。他全身在发抖，有一拳把他的右眼打得睁不开了。他们打累了，围在他四周，等着他倒下去。那家伙歪着嘴，又吐出了一句："该死的法国佬！""你想再挨一顿揍吗？"气喘吁吁的德贝罗问道。那家伙似乎没有听见，他用左眼挑战性地望着他们，一面还不断地重复："该死的法国佬，该死的法国佬。"接着是一阵犹豫，吕西安明白，他的同伴们要放弃这场搏斗了。于是他情不自禁地扑向前去，拼命地揍他。他听见了什么东西的撕裂声，那个小个子男人用软弱无力和惊怒的目光看着他，结结巴巴地说着："该死的……"他那只肿胀的眼睛睁开了，但是那只是个没有眼珠的窟窿。他跪倒在地，什么都不说了。"快撤！"雷米提醒道。于是他们跑了起来，一直跑到圣米迦勒广场。没有人追赶他们。他们就整了整领带，并且用手掌互相拍打衣服以恢复常态。

　　整个晚上，这些年轻人谁都没有提起他们的冒险，并且互相表现得格外和蔼可亲。他们早已把那件通常用来掩饰他们情绪的可耻粗暴行为抛在了脑后。

他们彬彬有礼地互相交谈着。吕西安心想这是他们第一次表现得如同在自己家里一样。但是他自己很是恼火，因为他一般是不会在大街上与流氓打斗的。他惆意绵绵地想起了莫德和法妮。

他难以入睡。他想："我再也不能以局外人的身份跟着他们行动了。如今，利害得失都已权衡，我必须参与进去！"当他向勒莫尔当宣布这个好消息时，他觉得十分庄重，几乎有一种宗教的虔诚感。"我主意已定，"他对勒莫尔当说，"决心跟你们一起干。"勒莫尔当拍了拍他的肩膀，于是全体成员一起庆祝这件大事，喝了好几瓶酒。他们又恢复了粗暴和欢快的语气，但是没有谈论前一天发生的事。他们分手时，马歇索爽直地对他说："你的拳头真厉害！"吕西安则说："因为那是个犹太人！"

第三天，吕西安带着一根很粗的白藤手杖来找莫德，这是他在圣米迦勒大道的一家商店里买的。莫德一看就明白，她望着手杖问道："怎么，你参加了？""参加了。"吕西安笑着回答。莫德显得很兴奋。她本人更倾向于左派，但是她的思想很宽容。"我觉得，"她说，"每个派别都各有所长。"晚上，她曾多次搂着他的后颈，一边叫他"我的小右派"。不久以

后的一个星期六晚上，莫德感到累了。"我想要回家了，"她说，"但是如果你乖的话，可以和我一起回去。你可以握住我的手，你要好好待你的小莫德，她太难受了。你要给她讲讲故事。"吕西安的兴致并不太高，因为莫德的房间虽然整洁，可那种穷酸相使他心里不快。这简直像一间女仆的房间。但是，如果他放弃这次良机，那将是一种罪过。莫德一进屋就扑在床上，她说："哦，真舒服。"随后，她不再作声，并且翘起嘴唇直盯着吕西安看。他也来躺在她身旁。莫德用手掌盖住眼睛，却把手指分开，她用孩子般的声音说："咕咕，我看见你了。吕西安你知道吗？我看见你了!"他觉得自己既沉重又绵软。莫德把手指放进他的嘴里，他就吮了起来，情意绵绵地和她聊着。他说："小莫德病了，可怜的小莫德真不幸。"接着他便从上到下地抚摩她的身体。她已闭上眼睛，神秘莫测地笑着。过了一阵，他掀起莫德的短裙，两人便开始做爱。吕西安想："我挺有本事的。"他们完事后，莫德说："得了! 我早料到会到这一步的!"她瞧着吕西安，温柔地责备他："坏东西，我还以为你挺老实的呢!"吕西安说他也对她感到很意外。"就这么回事。"他说。她想了想，对他严肃地说："我毫不

遗憾。以前可能更纯洁，现在要差一点了。"

"我有情妇了。"吕西安在地铁里这样想道。他觉得空虚和倦怠，身上有一股苦艾和鲜鱼的味道。他直挺挺地坐下，以免被汗水湿透的衬衫贴在身上。他觉得自己的身体仿佛是凝乳做成的。他使劲地反复说着："我有情妇了。"但是他感到失望。直至前一天，在莫德身上他所渴求的是她那张仿佛与外界隔绝的如封似闭的小脸，她那纤细的身段，庄重的仪态，良好的名声，对男性的傲气，总之是使她与众不同的一切特性。她确确实实是另外一种人，让人难以接近，总是可望而不可即。她颇有主见，廉耻分明，常穿长筒丝袜和绉纱连衣裙，并且烫着头发。这些也都是他所梦寐以求的。可是这层美丽的外表已经在他的拥抱中融化了，只剩下了肉体。他曾把嘴唇贴在了一张没有眼睛，像肚皮一样裸露的面孔上，他曾占有了一朵巨大的湿漉漉的人肉鲜花。他又见到了在被窝里上下拱动，在微张的毛茸茸的洞穴里有节奏地拍打的那头盲目的牲畜。他想：那是我们俩。他们合二而一。他已经分不清哪里是他的肌体哪里是莫德了。以前没有任何人曾在他面前如此令人作呕地暴露过。除了有一次里黎在灌木丛后面给他看过他那小鸡鸡；还有他自己忘乎所以地光着屁股趴在床上，乱蹬双腿等着裤子晾干的时候。吕西安想到基加尔时心里才感到一阵宽慰。明天他可以对他说："我和莫德睡觉了。老兄，她是个出色的小女人，简直是天生的尤物。"但是，他很不自在。他觉得自己在地铁尘埃滚滚的热浪里，在一层薄薄的外衣下，如同赤身裸体一般；他坐在一位教士身边并且面对着两位成熟的女士，觉得自己像一根被玷污的芦笋那样僵直和裸露。

基加尔热烈祝贺他。他对法妮有点腻烦了。他说："她的脾气实在太坏了，昨天她跟我闹了整整一个晚上。"于是，他们两人就下列问题达成了共识：这样的女人还是很需要的，因为人们毕竟不能把贞洁一直保持到结婚前。而且她们个个身体健康，也不谋私利。但是如果沉溺于她们那就要铸成大错。基加尔谈起真正的好姑娘时语气是高尚的。吕西安向他打听了他姐姐的情况。"她很好，我的老兄，"基加尔说，"她说你是个无情无义的人。你懂吗？"他暴露真情地补充道，"我不会因为有个姐姐而恼火。否则，有些事情是意识不到的。"吕西安完全理解他的意思。此后，他们经常谈论女孩子，并且觉得这样做充满了诗意。基加尔喜欢引述他的一位叔叔的话，此人是一位情场高手。他曾说："在我这坎坷的一生中，也许并不总在做好事。但是有一件事仁慈的上帝会感谢我的，那便是我宁愿被砍掉双手也从不碰一位姑娘。"他们两人有时也去皮埃蕾特·基加尔的女友那里。吕西安很喜欢皮埃蕾特，他和她谈话时像个爱逗弄人的大哥哥。他很感激她，因为她没有剪短头发。他一直忙于他的政治活动。每星期日早上他都要去讷伊教堂前卖《法兰西行动报》。在两个多小时里，吕西安板着面孔来回踱步。做完礼拜从教堂里出来的姑娘们有时向他投来美丽而坦诚的目光。于是吕西安便松弛一下，他感到自己很纯洁、坚强。他向她们报以微笑。他告诉他的伙伴们，他尊重妇女，并且很高兴得到了他们的理解。这正是他所希望的。而且，他们几乎人人都有姐妹。

四月十七日基加尔一家为皮埃蕾特的十八岁生日举行一次家庭舞会，吕西安自然也被邀参加。他和皮埃蕾特的交情已经很深，她称他为她的舞伴。他怀疑她是否有点爱上自己了。基加尔太太请来了一位钢琴师，整个下午一定会非常愉快的。吕西安和皮埃蕾特一起跳了好几次舞，随后他找到正在吸烟室里休息的基加尔。"你好，"基加尔说，"我想你们互相都认识了吧。弗勒里耶，西蒙，努瓦斯，勒杜。"在基加尔逐一介绍他同学的时候，吕西安看见一个身材高大、长着红色鬈发、奶油色皮肤和又黑又硬的眉毛的小伙子，正迟疑不决地向他们走来。他顿时便气炸了。"这家伙到这儿来干什么？"他不解地想着，"基加尔很清楚我是容不得犹太人的！"他立即转过身去，匆匆走开以免互相介绍。"那个犹太人是谁？"过了一会儿他问皮埃蕾特。"那是韦尔，他是高等商业专科学校的学生。我弟弟是在练剑室认识他的。""我讨厌犹太人。"吕西安说。皮埃蕾特莞尔一笑。

"他倒是个好小伙子，"她说，"你带我到冷餐桌前去吧。"吕西安拿了一杯香槟酒，但是随即又马上把它放下，因为他正好和基加尔和韦尔打了个照面。他怒火中烧地盯着基加尔看，然后便转身要走开。但是皮埃蕾特抓住了他的胳膊，于是基加尔大大方方地上前来搭话。"这是我的朋友弗勒里耶，这是我的朋友韦尔，"他很自然地说道，"好了，我给你们已经介绍完毕。"韦尔伸出了手，吕西安非常不高兴。幸而他突然想起了德贝罗的话："不然，弗勒里耶准把那个犹太人扔到河里去了。"于是，他把双手插入口袋，转过身去走开了。"我再也不上这个人家里来了。"他一面要回外衣一面这样想道。他感到了一种苦涩的骄傲。"这就是坚持己见的结果，简直无法在社会中生活了。"但是到了街头，他的这种傲气便渐渐消融了，吕西安变得忧心忡忡。"基加尔一定会很生气！"他摇摇头，试图坚定地对自己说："他既然邀请了我，就没有权利再邀请犹太人！"但是他的怒气消了。他很不自在地想起了刚才韦尔伸着手时惊愕的神情，于是不由得想和解了。"皮埃蕾特一定会认为我是个没有教养的人。我应该握住那只手。无论如何这于我毫无损失。冷冷地打个招呼，随即便分手。这就是我该做的。"他在考虑是否还来得及回到基加尔家里去。他可以走近韦尔，对他说："请原谅，刚才我不大舒服。"他可以和他握手，友好地交谈几句。可是不行，已经为时过晚，他的这一举动其影响是无法挽回的。他怒气冲冲地想："我有什么必要把自己的主张告诉那些不能理解的人呢！"他不耐烦地耸了耸肩，觉得真是一场灾难。与此同时，基加尔和皮埃蕾特正在评论他的行为。基加尔说："他完全疯了！"吕西安握紧拳头。"哦！"他失望地想道，"我真恨他们！我非常恨那些犹太人！"他试图从对这种深仇大恨的沉思中汲取一点力量。但是这种仇恨情绪在他眼皮底下烟消云散了。他徒劳地想到那个收取了德国佬的钱财并且憎恨法国人的莱昂·勃吕姆。他身上有的只是沮丧和冷漠。吕西安幸运地在莫德家里找到了她。他对她说很爱她，并且疯狂地占有了她好几次。"一切都完了，"他想，"我永远都不会成为一个人物。""别，别！"莫德说，"别这样，我的宝贝，不要这样，这是不可以的！"莫德最终还是任他为所欲为了。吕西安要吻遍她的全身。他觉得自己很幼稚，并且有点反常，他真想哭。

第二天早上在学校里，吕西安看见基加尔时不由得心里一紧。基加尔的脸色阴沉，佯装没有看见他。吕西安狂怒不已，无法克制自己。"坏蛋！"他想，"坏蛋！"课后，基加尔脸色铁青地向他走来。"他要是对我发脾气，"吓坏了的吕西安想，"我就掴他几个耳光。"他们相持了一阵，每个人都看着自己的鞋尖。最后，基加尔嗓音沙哑地说："老兄，原谅我，我不该那样对待你。"吕西安跳了起来，不信任地望着他。但是基加尔结结巴巴地接着说道："你知道，我是在练剑室里遇到他的。于是我就想……我们一起参加击剑比赛，他请我到他家里去过。但是我明白，你知道，我不应该的，我也不知道为什么会弄成这样。但是当我写请柬时，我不假思索就……"吕西安始终一语不发，因为他说不出话来。但是他打算宽容了。基加尔低着头继续说："得了，就算我干了一件蠢事……""傻蛋，"吕西安拍着他肩膀说，"我知道你不是故意的。"他慷慨大度地说，"再说，我也有不对的地方。我那副德行像个没有教养的人。但是有什么办法呢，我也控制不住自己。我不能碰他们，这是生理上的原因。我总觉得他们的手上长着鳞片。皮埃蕾特说什么了？""她狂笑不已。"基加尔可怜兮兮地说。"那个家伙呢？""他明白了。我尽可能地做了解释，但是一刻钟以后他也找了个台阶自己下了。"他一直很窘迫，又补充道，"我父母说你做得对。当你有自己的信念时，你只能这样做。"吕西安品尝了"信念"这个词的滋味。他真想把基加尔拥抱在自己的怀里。"这没什么，老兄，"他说，"既然我们是好朋友，这就无所谓了。"他异常兴奋地顺着米迦勒大道而下。他觉得自己不再是自己了。

他自言自语："真奇怪，我不再是我了，我再也认不出自己了！"天气很暖和，人们在街上闲逛，脸上露出了春天带来的惊喜和初次笑容。吕西安如同一块坚硬的钢铁钻入这柔软的人群。他想："这已经不是我了。"昨天我还是一只和费罗尔的蟋蟀一样的鼓鼓的大昆虫。如今吕西安觉得自己像精密的计时器一样干净、清晰。他走进泉水酒吧，要了一杯佩尔诺酒。小团体的伙伴们从不光顾泉水酒吧，因为此地麇集着来自地中海地区的外国佬。但是那一天，那些外国佬和犹太人都没有烦扰吕西安。在这个如同随风微微作响的燕麦田的黄褐色皮肤的人群中，他觉得自己非同寻常，而且样子十分可怕，如同斜靠在长椅上的一座耀眼的巨钟。他饶有兴趣地认出了一个矮小的犹太人。上学期他曾被爱国青年联盟的人在法学院的走廊里痛打了一顿。那个胖小鬼一副若有所思的样子，身上并没有留下挨揍的痕迹。他大概在相当长的时间里伤痕累累，后来才恢复了原形。但是他身上表现出一种对淫威的屈从。

此时，他的样子很高兴。他舒舒服服地打着呵欠。一束阳光刺痒了他的鼻孔。他搔了搔鼻子笑了。那是笑吗？倒不如说是产生于外面大厅某个角落而前来终结于他嘴上的一次小小的振荡。所有这些外国佬都在深暗和沉重的水里漂流，波浪摇撼着他们柔软的肌体，抬起他们的胳膊，拍打着他们的手指，并且和他们的嘴唇嬉戏。这些可怜的家伙！吕西安对他们不由得生起恻隐之心。他们到法国来干什么？是什么样的海浪把他们带到此地的？尽管他们在圣米迦勒大道的高档时装店里购置了时髦服装，那也是徒劳。他们并不比水母更好看。吕西安想，他不是水母，也不属于这群低三下四的家伙。他想："我是居高临下地看他们！"后来，他突然忘记了泉水酒吧和外国佬。他只看见一个后背，一个宽阔的肌肉拱起的后背，它正在用一种平静的气魄离去，无情地消失在雾气中。他还看见了基加尔。基加尔脸色苍白，也在盯着这个后背看。他对看不见的皮埃蕾特说："得了！就当我干了一件蠢事！……"吕西安狂喜不已，因为这个强壮和孤独的后背正是他的！这个场面是昨天发生的。有好一阵，他竭尽全力使自己变成了基加尔。他用基加尔的双眼看着自己的后背，他在自己面前体验到了基加尔的屈辱，并且觉得既高兴又害怕。"这对他们是一次教训！"他想。背景变了：这是未来，发生在皮埃蕾特的小客厅里。皮埃蕾特和基加尔神色不大自然地正指着一份需要邀请的宾客名单上的一个名字。吕西安不在场，但是他的威慑力在他们的身上起作用。基加尔说："不！别请他！跟吕西安在一起会闹出事来的。吕西安是容不得犹太人的！"吕西安又细细地思量了一番，他想："吕西安就是我！是一个容不得犹太人的家伙。"这句话他已经说过多次，但是今天却不同往常，完全不同。当然，从表面上看这是一个简单的事实，如同说："吕西安不喜欢牡蛎"或"吕西安喜欢跳舞"。但是千万别误解，对跳舞的爱好，也许在那小个子犹太人身上也能发现，这并不比水母的一次颤动更有意义。只需看一眼那个可恶的犹太人便能明白，他的全部好恶都如同他的气味和皮肤的光泽一样紧紧地附在他的身上；而且像他那沉重的眼皮的上下眨动和令人厌恶的贪婪微笑一样和他一起消失。但是吕西安的反犹太主义属于另外一种。这是一种十足无情的反犹太主义，它如同一把锋利的钢刀从他手上冒出来，直刺别人的胸膛。"这种事，"他想，"很是……很是神圣！"他想起小时候母亲有时用一种特别的口气对他说："爸爸在书房办公呢。"这句话仿佛是宗教格言，忽然间赋予他一大堆宗教义务，例如不可以玩他的卡宾气枪，不能高喊"塔拉嘣"。他在走廊里必须踮着脚尖走路，如同在大教堂里一样。"如今，该轮到我了。"他满意地想道。人们只要悄声地说："吕西安不喜欢犹太人。"于是大家都会吓瘫了，仿佛四肢都被大量痛苦的短箭刺透了。他动情地想："基加尔和皮埃蕾特都还是孩子呢。"他们曾犯了弥天大罪，但是只需吕西安略施淫威，他们便后悔不已，他们就得低声地说话，并且踮着脚尖走路。

　　吕西安再一次对自己充满了敬意。但是这一次他不再需要借用基加尔的眼睛了。他令人尊敬地出现在自己的眼面前。他这双慧眼终于穿透了他的肉体、好恶、习惯与性情的外壳。"在我寻找自我的地方，"他想，"我不能找到自我。"他真心诚意地、仔仔细细地把一切属于自我的东西都搜集在一起。"可是如果我只应该是目前这个样子，那么我和这个小犹太人也相差无几了。"在黏膜深处如此这般地搜索，除了肉体的伤痛、关于平等的可耻谎言以及混乱之外，还能发现什么呢？"第一句箴言，"吕西安想，"是别想在自己身上发现什么，没有比这个更危险的错误了。"真正的吕西安——他现在知道了——需要在别人的眼光里，在皮埃蕾特和基加尔胆怯的顺从里，在所有那些为了他而成长壮大的人们，那些今后会成为他手下工人的学徒以及有朝一日他会当上他们市长的大大小小费罗尔人的充满希望的期待之中去寻找。吕西安几乎害怕了，因为他几乎觉得自己个子太高了。

有多少人都携着武器在等着他。而他呢，目前和将来永远都是别人的这种无限期待。"一个头头就应该是这样的。"他想。于是，他仿佛又见到了肌肉发达、拱起的后背，随后立即又见到了一座大教堂。他就在教堂里，在通过窗玻璃射入的缕缕光线中小心翼翼地漫步。"不过，这一次我就是大教堂！"他目光死死地盯住身旁那个浅棕色皮肤、个子高高像一支雪茄的古巴人。必须找到适当的词语来表达他这个了不起的发现。他慢慢地，小心谨慎地把手举到额前，如同拿着一支点燃的蜡烛，随后他庄严地冥思苦想了一番，那些词语便脱口而出了。他喃喃说道："我有权！"权！这是像三角和圆那样的东西。它们是那样完美，因此实际上并不存在。人们徒劳地用圆规画出了成千上万个圆，但是仍然画不出一个圆周。一代又一代的工人将谨小慎微地听从吕西安的命令，然而他们却不能使吕西安的这种指挥权枯竭。权在存在之外，如同数学对象或宗教信条。而吕西安恰恰就是这样，他集一大堆责任和权利于一身。曾经有很长时间，他认为自己偶然地，漂泊不定地存在于世上。但那是因为缺乏认真思考的缘故。早在他出生之前，他已在光天化日之下定位于费罗尔。甚至在他父亲结婚以前，人们已经在期待着他的降临。他之所以来到这人世，那是为了占据这个位置。"我存在，"他想，"乃是因为我有权利存在。"可是，可能是生平第一次，他对自己的命运做了闪电般的辉煌的想象。他或早或晚（而且这毫无意义）将被国立高等工艺学校录取。那么，他将会摆脱莫德（如果她总想跟他睡觉，这很腻人。他们俩融合在一起的肉体在这初春的灼热中散发出一种有点烧焦的白葡萄酒烩肉的味道。"再说，莫德属于大家，今天她跟我在一起，明天她会跟另一个人，这一切都毫无意义。"）。他将去费罗尔定居。在法国的某个地方，有一位像皮埃蕾特那样的姑娘，一位为他保持着贞洁，眼睛鼓鼓的外省女子。她有时试图想象其未来的主人，那个既可怕又温柔的男人。但是她没有成功。她是一位处女，并且在内心深处承认吕西安有独占她的权利。他将娶她，她将成为他的妻子。这是他最富于温情的权利。晚上。当她以庄重而细小的动作宽衣解带时，仿佛是一种献身。他在大家的赞同下把她搂在怀里，他将对她说："你是属于我的！"她要向他展示的，她有责任仅仅向他展示。而做爱对于他来说则是能带来快感的对自己财富的一种清理。这是他最富于温情的权利，也是最隐秘的权利。这是直到肉体都被人尊敬的权利，在床笫被人服从的权利。"我将趁年轻就结婚。"他想。他还想将会有很多孩子。随后他又想到了父亲的事业。他迫不及待地想接父亲的班，并且在思忖弗勒里耶先生是否不久便会去世。

挂钟敲响了十二点整。吕西安站了起来。他终于完成了嬗变。在这家咖啡馆里，一小时以前走进来一名举止文雅、犹豫不决的青年人，现在走出去的是一名成熟的男子汉，是法国人当中的一位企业主。吕西安在法兰西某个早晨荣耀的光辉沐浴下走了几步。在学校街和圣米迦勒大道的拐角处，他走向一家文具店，照了照镜子。他很想在自己的脸上找到他十分欣赏的勒莫尔当那种拒人于千里之外的神情。但是镜子折射出来的却是一个漂亮而固执的小脸蛋，还不算十分可怕。"我要开始蓄须了。"他作了决定。